KB075296

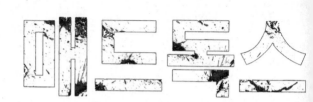

매드독스 13권

초판1쇄 펴냄 | 2017년 11월 02일

지은이 | 까마귀
발행인 | 성열관

펴낸곳 | 어울림 출판사
출판등록 / 2009년 1월 23일 제313-2009-12호
주소 / 경기도 고양시 일산동구 장항동 731 동하넥서스빌딩 307호
TEL / 031-919-0122
FAX / 031-919-0127
E-mail / 5ullim@hanmail.net

Copyright ⓒ2017 까마귀
값 8,000원

ISBN 978-89-992-4414-8 (04810)
ISBN 978-89-992-3821-5 (SET)

OULIMMODERNFANTASY

매드독스

13

까마귀 현대판타지 장편소설

어울림

목차

필독

본 소설에 등장인물과 사건 및 특정용어에 대해선 현실과 전혀 무관합니다. 오로지 작가의 머릿속에서 나온 상상력이니 오해가 없으시길 부탁드립니다.

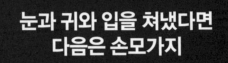

눈과 귀와 입을 쳐냈다면
다음은 손모가지

　합동수사본부의 수장 유태진은 사건조작의 혐의를 의심 중이던 언론사들의 싸움을 보고 어이없었다.

　"방송사들이 미쳤나… 왜 지들끼리 싸우고 난리야?"

　잘된 일이기도 했다. 언론사들이 서로의 약점을 들춰내준 덕분에 검찰이 쉽게 흔적을 잡아 수사를 시작할 수 있었다. 그래서 본격적으로 수사하여 지금은 수색영장과 구속영장을 발부받아 언론사 수뇌부들 대부분은 검거하게 되었다.

　물론 원하던 방향은 아니었지만 이것을 시작으로, 문제되었던 사건들을 재조명시키는 것도 가능했다.

　"정말로 예전 사건들을 다시 들추실 생각입니까?"

사무관 김정훈이 조사실로 들어간 언론사 관계자들을 보며 물었다. 과거에 조작된 사건을 되짚는다는 것은 앞서서 수사했던 검사들의 결정이 잘못되었단 것을 인정하는 꼴이었다.

스스로 검찰의 위신을 깎아먹는 행동이었기에 걱정되는 것이 당연했다.

"그렇다고 죄를 짓지 않은 사람들에게 덮어씌워둔 채로 놔둘 순 없잖습니까."

수사본부에서 재조사로 찾아낸 원죄사건은 약 20건에 달했다. 모두 증거와 언론의 조작으로 벌어진 일이었다.

김정훈도 그 사실을 조사로 잘 알게 되었지만 심히 우려되었다.

"전에도 말씀드렸지만… 검찰총장께서 반대하실지더도 모르는 일입니다."

"이미 승낙은 구해졌습니다. 다만 휘하 선배님들께서 어떻게 나올지 모르지만 말입니다."

원죄사건 중에는 오래된 것도 있었다.

현 상부에 속한 검사가 맡았던 사건도 있을 테니 반발은 당연할지도 몰랐다.

"당연히 노발대발하시겠죠. 자칫 검경합동수사본부도 와해될지도 모릅니다."

"각오해야죠. 검경합동수사본부의 사건만이 전부가 아니니까요."

유태진의 얼굴은 어떤 때보다 진지했다.

때문에 김정훈도 더 이상 묻지 못하고 입을 다물었다.

인터넷 뉴스만 유독 떠들썩했다. 기존 언론사 수뇌부들
이 부정으로 검거된 사건에 대한 뉴스로 도배되었다.

뉴스를 보게 된 사람들의 반응은 엄청날 수밖에 없었다.
믿고 보던 방송사들이 그로 인해 꿀 먹은 벙어리가 되었으
니 말이다.

[중앙방송 3사 및 D신문사, H신문사 간부 20여 명. 뇌물
수수 및 방송부정 청탁으로 구속수사 돌입!]

[S방송사 최대시청률 오디션방송 참가와 승급에 대한 청
탁 뇌물수수!]

[M방송사 유명PD 노XX의 기획방송 'XXX에 간다!' 출
연진에게도 거액의 청탁!]

[대일신문! 최대 광고주에게 부정청탁비리 발각!]

세상은 또다시 떠들썩해질 수밖에 없었다. 누구보다 믿
고 보던 방송사들이 하나같이 비리를 저지른 탓이었다.

"이 정도면 천근초위에서도 무슨 일이 벌어지든 쉽게 움
직이지 못하겠지."

차준혁은 인터넷을 가득 메운 뉴스들을 보며 미소가 지

어졌다. 현재 중앙방송 3사들은 자신들의 직속상사들이 검거된 상황이었기에 발만 동동 굴렀다.

그러다 간간히 상황을 무마시킬 뉴스들이 터져 나오기도 했지만 방송만 나올 뿐, 인터넷에서는 전혀 효과를 보이지 못했다.

신지연은 걱정이라는 듯이 조심스럽게 물었다.

"굳이 이렇게까지 할 필요 없이 대일신문만 노렸어도 되지 않아요? 어차피 사건들을 조작하는 데 중심이던 곳은 거기잖아요."

그녀의 말도 틀리진 않았다.

애꿏게 중심 방송 3사를 모조리 흔들어 국민들에게 불안감을 심어줄 필요까지는 없었다.

하지만 차준혁은 더욱 큰 그림을 그리고 있었다.

"대일신문이 어떻게 중심 방송사들을 주물렀겠어요. 방송사 상부에다가 뭔가 심어 놨으니 가능했겠죠. 그걸 없애 버리지 않으면 계속 이용당할 거예요."

"그럼 인터넷 뉴스 쪽으로 터뜨린 기사들이 그 약점이란 말이에요?"

최근까지 이지후를 통해 알아낸 방송사들의 약점은 허점이 정말 많았다. 물론 방송사들도 서로 아는 약점이었다.

그러나 방송사들은 각자 큰 힘을 쥐고 있는 탓에 서로를 공격하지 못했다. 반면 대일신문은 그 일을 부추기면서 연

 14

관되지는 않아 방송사들을 주무를 수 있었다.

차준혁은 그 점을 노려 이간질을 시키듯이 만들어 각자 서로의 흔적만 들춰내게 했다. 검찰은 독사처럼 흔적을 물어 이 잡듯이 뒤진 것이고 말이다.

"맞아요. 지금까지 대일신문과 천근초위에서 입 다물어주고 있던 것이에요. 조금만 조사하면 나올 일들을 말이죠."

방송사 간부라는 위치의 오만으로 만들어진 범죄였다. 물론 대일신문은 그렇게 생긴 약점을 이용해 더한 범죄에 이용해 왔다.

"그럼 이제는 방송사들이 마비되었으니 다른 천근초위를 공격할 차례인가요?"

천근초위의 기업들은 여전히 검경합동수사본부에서 조사 중이었다. 지금까지 꽁꽁 숨겨둔 증거들을 하나하나 뒤져서 찾느라 상당한 시간이 소요되었다. 그 탓에 제대로 된 결과가 나온 것은 아직 없었다.

"시기가 일러요. 대일신문부터 확실히 무너지게 되면 손쓰기 시작해야죠."

"어떻게요?"

차준혁은 신지연에게 자신이 세운 계획을 전부 알려주지 않았다. 중간에 바뀌어 가는 상황을 보고 판단할 일도 있어서 그때마다 확실하게 일러주었다.

"밑 작업은 경원이가 하고 있을 거예요."

"지경원 본부장이라면… 설마… 방송사를 인수할 생각인 거예요?!"

주식투자부서를 담당한 지경원의 이름이 거론되었으니 천성건설 때나 다른 기업을 인수할 때처럼 생각한 것이다.

"설마요. 방송사가 동네 구멍가게에서 파는 눈깔사탕도 아닌데 어떻게 그러겠어요. 경원이는 MR로펌과 같이 광고비 소송을 준비할 거예요."

"아……!"

현재 모이라이 투자회사의 각종 계열사 제품들은 방송사에게 엄청난 양의 광고를 맡겨두었다. 당연히 상당한 자금이 들어가기에 그것은 방송사의 운영자금으로도 쓰였다.

하지만 이번 일로 신뢰 광고에 큰 지장을 주었으니 충분히 가능한 방법이었다.

"그런데 우리 쪽에도 피해가 있는 거 아니에요? 광고를 빼면 손실이 생길 수밖에 없잖아요."

"물론 그 문제에 대해서도 대처해 놨어요. TV가 아니라 인터넷 시장을 노리는 것이죠. 앞으로 인터넷 쇼핑몰의 규모가 더욱 커질 거예요. 광고도 대규모 사이트로 넘겨주면 문제가 없는 거죠."

지금도 인터넷이 세상을 이루고 있었다. 게다가 핸드폰이 스마트폰으로 진화하면서 대한민국은 어떤 나라보다 인터넷 강국으로 떠오르게 된다.

TV를 보는 시간보다 핸드폰 볼 시간이 많아지니, 모이라이로서는 미리 준비해두는 것이나 마찬가지였다.

"방송사들은 우리의 소송으로 큰 피해를 입게 되고, 저희는 원래 계획하던 방향으로 가서 문제가 전혀 없다는 거죠?"

"일석이조이죠. 아니, 삼조이려나요?"

광고 소송 준비에는 대일신문도 들어 있었다.

그곳도 만만치 않은 자금이 빠지게 될 것이니 큰 타격을 입을 수밖에 없었다.

"어떻게 그런 계획을 세웠어요? 설마… 미래에서 벌어질 일을 알고 있어서 그런 거예요?"

신지연은 누구보다 몇 걸음 앞서나가는 차준혁을 보며 놀라워했다.

"설마요. 미래에는 이런 일이 없었어요. 하지만 흐름을 본다면 맞춰 나갈 수는 있죠."

"준혁 씨는 굳이 군인이 아니었어도 잘했겠어요."

"아니에요. 미래에서 돌아오지 못했다면 이런 실력도 갖추지 못했을 거예요."

그녀에게 대답한 차준혁은 점점 혼돈으로 빠져들어 가는 인터넷 뉴스를 쳐다보았다. 수시로 검찰들이 발표하는 수사 결과들도 나오고 있었다.

범법을 저지른 소속사나 관계자만 조금 털어봐도 나올 증거들이 수두룩하니 수사 자체는 어렵지 않을 것이다.

그러나 대일신문의 범죄 사실은 검찰도 어려운 점이 많을 것이 분명했다.

오래전에 수사 결과가 나와버렸고, 조작된 증거가 잔뜩 있으니 말이다. 검찰에서도 사건의 정황만 가지고 수사하기는 어려웠다.

"저희도 슬슬 검찰에 수사 협조하러 갈까요?"

차준혁이 재킷을 챙겨 입으며 일어나자 신지연도 그 뒤를 바싹 따라붙었다.

김정구는 태백으로 돌아가지 않고 서울에 남았다.

지금은 홍주원과 나도명이 구해둔 저택 거실에 앉아 소파의 팔 받침대를 주먹으로 내리찍고 있었다.

퍽—!

"검경합동수사본부가 어떻게 냄새를 맡은 거지? 설마… 교도소에 있는 녀석들이 입을 나불거린 건가?"

헬하운드와 천익의 소속인 요원들을 의심하는 것이다.

이에 뒤쪽으로 서 있던 나도명이 조용히 말했다.

"마크와 루이스는 함부로 입을 열지 않은 겁니다. 그리고 다른 두 사람은 다른 이들과 접촉하지 않았다고 전달받았습니다."

"그럼 어디서 새어 나갔냐는 말이네!"

격분한 김정구는 인상을 잔뜩 찡그리고서 테이블에 놓인 보고서만 노려보았다. 어렵게 검찰 내 사람들을 심어 검경 합동수사본부에서 무엇을 노리는지 알아낸 정보였다.

"…죄송합니다. 실은 헬하운드 부대원들이 입국할 당시 제가 마중을 나갔던 것이 드러났습니다."

"뭣…? 고작 그것만으로 우리를 수사한단 말인가?"

그 일이 있었던 것은 한참 전이었다. 게다가 그저 마중인 것을 의심할 사람은 아무도 없었다.

"인천세관에서 벌어졌던 사건을 경찰에서 추적하다가 거기까지 도달한 것으로 여겨집니다. 정말 면목이 없습니다."

나도명은 자신의 실책을 있는 그대로 털어놓고서 김정구가 내릴 처벌을 기다렸다.

"크윽… 정말 거머리처럼 끈질긴 녀석들이군. 경찰청 수사 1팀이라고 했던가?"

인천세관 사건이 진행되면서 김정구도 그에 관한 사항들을 주기적으로 보고받았다. 그러한 질문이 이어지자 나도명은 조심스럽게 고개 숙였다.

"예. 거기다 특별수사고문으로 있는 모이라이의 차준혁 대표까지 사건 해결에 합세한 탓인지 수사망이 빠르게 좁혀졌습니다."

"사업가라는 녀석이 뭐 하러 그런 짓거리를 하는지… 도대체 영문을 모르겠군."

"하지만 차준혁 대표의 인지도는 그로 인해 몇 배나 뛰고 있습니다. 어떤 사업을 벌여도 신뢰가 뒤를 받쳐주니까 말입니다."

탄식을 흘리는 김정구와 다르게 나도명은 차준혁의 실력을 높게 평가했다. 그만큼 천근초위에게 간접적으로 피해를 주었지만 냉정하게 판단했다.

"나도 그것은 알고 있네. 허나 계속 방해되고 있지 않은가. 고의든 아니든… 이대로 계속 지켜볼 수는 없지."

나름대로 그들이 조사한 바에 따르면 검경합동수사본부의 중추는 특수부 부장검사 유태진과 특별수사고문인 차준혁이었다. 그는 모이라이의 힘을 이용해 합동수사본부시설까지 마련해줬다.

보통 사람이라면 알아내기 힘든 정보였지만 정부 깊숙한 곳까지 침투해 있던 천근초위의 천익이기에 거기까지 알아낼 수 있었다.

"허나 차준혁은 보통 사람이 아닙니다. 자칫 건드렸다가는 정부에서 임기가 얼마 남지 않은 상황임에도 큰 문제를 일으킬지도 모릅니다."

지금의 차준혁은 대한민국 정부와 콩고민주공화국의 교류를 책임진 사람이나 마찬가지였다. 게다가 신설한 계열사로, 대한민국의 새로운 발전 가능성을 계속 보여주고 있

었다.

그런 인물이 잘못되면 국민들까지 적으로 돌리게 될지도 몰랐다. 물론 정체를 들키지 않으면 그만이겠지만 어디든 완전한 범죄는 없었다.

"돌아버리겠군."

"일단 상황을 지켜봄이 좋은 듯싶습니다. 대일신문까지 검찰에 묶인 상황에서 일을 잘못 벌였다면… 도리어 낭패만 볼 것입니다."

나도명은 5명의 헬하운드를 잃게 된 탓인지 어떤 때보다 냉정하게 판단했다.

그래서 김정구의 흥분을 가라앉히며 계속 이어갔다.

"그럼 어쩌면 좋단 말인가."

"상황을 지켜보도록 하지요. 검경합동수사본부도 말입니다. 어렵게 사람까지 심어 놨으니 상황이 어찌 돌아가는지 알아낼 수 있습니다."

나름대로의 계획을 내놓자 김정구는 턱을 쓰다듬으며 앞에 놓인 서류 하나를 들어 올렸다.

그 서류에는 차준혁의 신상이 자세하게 적혀 있었다.

"흠… 저번에 감시했다고 들었는데… 누가 맡았지? 이상한 점은 전혀 없던가?"

"마크와 루이스가 전담했습니다. 감시 중에 차로는 업무상 경로를 한 번도 이탈한 적이 없었다고 들었습니다."

그들의 미행은 차준혁이 먼저 눈치채고 있었다.

그래서 IIS를 동원하여 마크와 루이스를 역으로 감시해왔다. 물론 천익에서는 그 사실을 전혀 몰랐다.

"하긴… 우리와는 전혀 관계 없는 사람이니까. 자네도 불가피한 일들을 겪다보니 신경이 날카로워졌다보군. 쓸데없이 사람을 굴리는 일이 생긴 것을 보면 말이야."

"제가 조금 민감하게 반응했던 것 같습니다."

중요한 시기에 쓸데없이 사람을 굴렸다고 판단한 것이다. 그런 대답을 듣던 김정구는 차분하게 고개를 끄덕였다.

"아무튼 검경합동수사본부에서 우리를 어디까지 캐낸 것인지 잘 알아내게."

"심어둔 사람들에게 도청기를 설치해두라고 지시해두었습니다. 그리고 각자 무전기를 착용해 어떤 상황이든 바로 움직이고, 전달할 수 있도록 조치했습니다."

천익은 수사대상에 올랐기 때문에 어떤 경우라도 긴장의 끈을 놓칠 수 없었다. 그래서 나도명도 나름대로 머리를 굴려 바로 대처할 수 있도록 준비했다.

"…괜찮군."

김정구도 그가 준비한 것이 마음에 드는 눈치였다.

시간이 지나면서 언론사 비리에 대한 수사는 점점 커다란 여파를 만들어냈다. 게다가 비리와 연관된 소속사 관계자들까지 대거 잡혀 들어가면서 포화상태가 되었다.

한편, 검경합동수사본부에서는 그런 혼란 속에서 대일신문에서 주도한 조작된 사건들을 들춰내기 시작했다.

그 덕분에 먼저 찾아냈던 20건의 사건 말고도 15건이나 추가로 찾아낼 수 있었다.

유태진은 자신의 책상에 수북이 쌓인 사건파일들을 보며 미간을 찌푸릴 수밖에 없었다.

"대체 몇 건이나 사건을 무마시켜 놓은 거야?"

사건의 대부분이 기업과 정치인들이 연관되었다.

그들로서는 자신들이 피해볼 사건이니 어떤 방식으로든 마무리를 지어 놓은 것이다.

하지만 그로 인해 피해본 사람도 만만치 않았다.

똑똑.

잠시 후, 노크소리가 들리더니 차준혁과 신지연이 얼굴을 내밀었다. 이번에도 사건들을 재수사하면서 차준혁이 큰 도움을 주었다.

"오셨군요! 저희 때문에 일이 밀리셔서 오늘은 못 오시는 줄 알았습니다."

"도와드리기로 한 것이니 당연히 와봐야죠. 그런데 들어오다보니 못 보던 사람들이 제법 보이더군요.”

　차준혁은 신지연과 함께 이곳 사무실까지 오면서 낯선 얼굴들을 발견했다.

“맡게 된 사건들이 너무 많아 최근에 인원 보충을 좀 했습니다.”

“문제가 있는지 확인은 해보신 거죠?”

　아직까지 검경합동수사본부는 극비에 움직이고 있었다.

　당연히 관계자와 검찰청과 경찰청 상층부를 제외하고서는 누구도 알면 안 되었다.

　“당연히 확인해봤습니다. 특별한 문제점은 없었습니다. 걱정하지 않으셔도 됩니다.”

　차준혁은 사무실 내벽 창문 너머로 낯선 사람들 몇몇을 쳐다봤다. 합동수사본부가 차려지고 상당한 시간이 지났으니 슬슬 걱정되었던 부분이 나올 시기였기 때문이다.

　‘천근초위에서 움직일 때가 된 것 같은데…….’

　어떤 곳이든 완벽하게 깨끗할 수는 없었다.

　그것은 사람도 마찬가지였다. 아무리 신경 쓴다고 해도 더러운 것이 묻어나기 마련이었다.

　차준혁은 그런 사람들을 살펴보다가 몇몇과 눈이 마주치고서 고개를 돌렸다.

“왜 그러십니까?”

　유태진이 의아해하며 물었다.

"아닙니다."

그렇게 대답한 차준혁은 품속에 손을 넣어 손바닥 길이만 한 막대기의 스위치를 올렸다. 그러자 맨 끝에 LED램프에 붉은빛이 들어오더니 깜박였다.

"아아악!"

그와 동시에 사무실 바깥에서 몇몇이 비명과 함께 귀를 부여잡으며 주저앉았다. 깜짝 놀란 사람들이 그들에게 다가가 다급히 부축해주었다.

"잠깐만 기다려보시죠."

차준혁을 쳐다보던 유태진도 깜짝 놀라면서 밖으로 달려나갔다.

"자네들 괜찮은가! 어디가 아픈…….."

곧장 주저앉은 사람들에게 다가가 상태를 확인하던 그는 그들의 귀에 꽂힌 조그만 물건을 발견했다.

"…정말 괜찮습니다. 갑자기 현기증이 나서요."

동시다발적으로 현기증이 날 리는 절대 없었다.

사내의 변명에 유태진은 표정이 굳어졌다.

"자네. 귀에 꽂고 있는 물건은 뭔가?"

상황이 이상하다는 것을 눈치챈 유태진은 부축받고 있던 다른 사람들의 귀를 확인해봤다.

그들 모두 중요한 이야기라도 주고받던 중이었는지 귀에 초소형 무전기를 꽂고 있었다.

"그, 그게…….."

난처해진 사람들은 변명하려 했지만 이미 묘해진 상황을 벗어나기는 힘들었다.

"다들 쓰러진 사람들을 한곳으로 모으도록 하게!"

멀쩡한 검사와 사무관들은 그 말을 듣자마자 바쁘게 움직였다. 그사이 차준혁은 머리를 긁으면서 그의 옆으로 다가섰다.

"무슨 일이십니까?"

"저들이 귀에다가 이런 것을 꽂고 있었습니다."

"최신식 무전기인 BAW—2 모델이군요. 귀에 꽂아도 잘 보이지 않는 이런 신형 기기를 새로 온 검사와 사무관이 왜 착용하고 있습니까?"

MR테크를 통해 군사장비도 개발 중인 차준혁이 잘 알고 있는 모델이었다. 그래서 자세하게 설명까지 해주고서 유태진의 대답을 기다렸다.

"저도 모르겠습니다."

"그런가요? 상태를 보면 BAW—2에 그런 결함이 있단 말은 못 들었는데…….."

장비에 대한 설명을 듣던 유태진은 차준혁을 빤히 쳐다봤다.

"누군지 모르겠지만 저런 장비까지 차고 있었다니… 어디선가 움직이기 시작한 것 같습니다."

"이런… 정말 큰일이군요."

대답과 함께 차준혁의 머릿속에서는 미소가 지어졌다.

애초에 합동수사본부로 새로운 사람들이 왔다는 것을 알고 있었다. 그들 중 일부분이 천익의 거래에 응해 스파이 노릇을 시작했다는 것도 말이다.

'EWP를 개량해두길 잘했지.'

사실 품속에서 작동시킨 기기는 MR테크에서 초창기에 개발했던 전파폭탄을 지속형으로 개량한 병기였다.

아무도 모르게 작동시켜 무전기 자체가 문제를 일으킨 것처럼 만들었다.

'사실 도청기만 마비시키려고 한 것인데… 무전기까지 착용하고 있었을 줄은 몰랐지.'

천익에서 얼마나 발등에 불이 떨어졌는지 알 수 있었다. 물론 차준혁이 웬만한 길을 모조리 막아버렸으니 그들도 마음만 조급해져 과감한 계획을 쓰기 시작한 것도 있었다.

"일단 저들을 심문해봐야겠군요. 그리고 계좌도 같이 털어봐야겠습니다."

누군가에게 사주받은 것이라면 자금이 움직인 흔적이 있을 것이다. 유태진은 베테랑 검사답게 그들을 해결하기 위해 움직였다.

유태진은 사람들을 모아둔 방으로 향했다.

그사이 신지연이 차준혁의 옆으로 다가왔다.

"준혁 씨의 생각대로 정말 그곳에서 사람을 심어 놨네요."

솔직히 신지연은 이번 작전은 쉽지 않다고 여겼다.

천익이 바보가 아닌 이상에야 눈에 띄게 심어 놓지는 않았을 것이라 생각했기 때문이다.

"녀석들도 수사본부가 자신들을 조사하기 시작했단 것을 알게 된 거죠. 하지만 내부사정을 알 수가 없으니 어떻게든 알아내려고 할 거예요."

지금은 새로운 사람들이 들어온 지 며칠이 지난 후였다.

이미 넘어간 정보도 있겠지만 우연을 가장하기 위해 조금의 피해 정도는 감수할 필요가 있었다.

"본격적으로 움직인단 말이네요."

"그보다, 유 검사님이 확인하는 동안 우리는 조사 중인 사건을 검토하러 가죠."

지금의 사건 수사는 대일신문을 천근초위에서 완전히 떨어뜨리기 위함이었다. 마음대로 움직일 입이 없으면 그들도 함부로 움직이지 못하기 때문이다.

차준혁과 신지연이 서류를 보던 중 유태진이 씩씩거리면서 사무실로 들어왔다.

"후우……!"

그가 크게 한숨을 내쉬자 차준혁은 어떤 결과가 나왔는지 어렵지 않게 짐작할 수 있었다.

"누가 지시한 것인지 불지 않습니까?"

"그렇더군요."

애초에 무전기를 착용했다는 것만으로는 처벌하기가 힘들었다. 더욱 확실한 증거가 있어야만 그들의 죄를 물을 수 있었다.

"누군지는 몰라도 다음을 또 노릴 겁니다."

차준혁은 천익이라고 예상할 수 있었지만 일부러 말하지 않고 주의만 주었다.

물론 그 점은 유태진도 알 수 있었다. 그래서 더욱 표정이 굳어져 갔다. 대놓고 합동수사본부를 감시하려 한 것이니 절대로 만만한 상대가 아니었다.

"어떻게 해야 할까요? 아직은 지금의 수사가 밖으로 드러나면 안 될 텐데 말입니다."

현재 합동수사본부에서는 대일신문의 사건조작과 검찰에서 벌인 원죄사건을 재조사하는 중이었다. 그것이 공개된다면 세상을 또다시 뒤집힐 것이 분명했다.

"조작된 사건들의 관계자들이 난리가 나겠죠. 국민들도 마찬가지겠지만요. 하지만 누가 배후더라도 여기서의 일을 터뜨리지는 못할 겁니다."

"합동수사본부를 난처하게 만들 수 있을 텐데 안 한단 말입니까?"

유태진의 되물음에 차준혁은 고개를 끄덕이며 자신 있게

대답했다.

"저만한 사람들을 사서 감시할 정도로 찔리는 것이 많은 녀석이겠죠. 우리가 수사하는 사건과도 관계가 있을지 모릅니다. 자칫 재조명되게 도움을 줄 수 있으니 그렇게 할까요?"

"아하. 허나 관계자가 아니면 저지른지도 모르지 않습니까?"

아무런 관계도 없이 지금과 같은 일을 저지르기는 힘들었다. 게다가 최첨단 무전장비까지 쓴 것을 보면 정부 측의 관계자일지도 몰랐다.

질문이 이어지자 차준혁은 또다시 준비해 놨던 대답을 꺼냈다.

"아까 드러내기 이르다고 하셨지만 솔직히 말하면… 이번 사건들을 까고 들어가는 것이 속편합니다. 국민들 등쌀에 밀려야 검찰이나 정부도 쉽게 움직일 테니까요."

현재 겨레회가 정부를 중심으로 통제하고 있지만 주변까지는 아니었다. 큰일에는 아직 반발부터 앞서며 티격태격하기 바빴다.

차준혁은 이번 일로 국민들을 앞세워 더욱 큰 행보로 움직여볼 생각이었다.

"설마… 직접 터뜨리시겠단 말씀은 아니시겠죠?"

그 무시무시한 대답에 유태진이 걱정하며 물었다.

남들보다 과감한 차준혁이었지만 그의 계획은 더욱 무섭

게 들려왔기 때문이다.

"하하하! 설마요. 그랬다간 국민 선동죄로 제가 검찰에 잡혀 들어갈 겁니다."

"휴우… 농담이셨군요. 진짜 깜짝 놀랐습니다. 일단 저는 수사 현황을 확인하러 가보겠습니다."

"저도 지금 보던 서류들만 정리한 뒤에 돌아가보죠. 변동사항이 생기면 연락 부탁드립니다."

그가 밖으로 나가자 신지연이 조심스럽게 물어왔다.

"아까 하신 말… 진심이었죠?"

"뭐가요?"

"사건을 드러나게 해서 국민들로 정부를 재촉하겠다고 했던 말이요!"

차준혁은 언성이 높아진 그녀의 물음에 미소를 지으며 대답했다.

"물론 진심이었죠. 하지만 유 검사님을 떠보기 위해 한 말이기도 해요. 만약 제가 한 말을 말리셨다면 나쁜 길로 빠지겠단 의미도 되니까요."

청렴한 정의구현은 상당히 어려운 일이었다.

특히 제일 앞에 선 사람은 누구보다 깨끗한 상태로 움직여야 했다. 그래야 사람들이 신뢰할 수 있었고, 무슨 일을 하든 문제없이 따라올 것이 다.

차준혁은 그 맨 앞에 유태진을 세울 생각이었다.

"언제 그런 생각까지 한 거예요?"

"방금 전에요."

대답을 듣고 신지연은 더욱 놀랄 수밖에 없었다.

검찰총장 성대봉은 자신의 사무실을 방문한 한 사내와 마주 앉아 있었다.

"총장님! 실례되는 말씀인 줄은 압니다만… 검경에서 진행 중인 수사가 뭔지 알고 계십니까?"

격한 목소리로 질문을 던진 사람은 대검 김재원 검사장이었다. 검찰총장인 성대봉과 동기이자 비등한 위치이면서 라이벌인 인물로 유명했다. 하지만 성대봉은 아무렇지 않은 표정으로 대답해주었다.

"알고 있습니다만. 문제가 되는 겁니까?"

"…말이 되는 말씀이십니까? 지금 검경합동수사본부에서 과거 검찰에서 마무리한 사건들을 다시 들추고 있습니다! 우리는 이러라고 수사본부창설에 동의한 것이 아니란 말입니다!"

대검검사장인 김재원은 혼자만의 생각으로 그를 방문한 것이 아니었다. 자신과 같은 검찰 수뇌부들의 원성을 듣고 성대봉을 방문한 것이다.

물론 그도 검경합동수사본부에서 진행 중인 수사에 불만을 가지고 있었다.

"사건 마무리에 문제가 없다면 상관없는 일이 아닙니까. 혹시 걱정되는 사항이라도 있으십니까?"

"지금 그 말이 아니지 않습니까! 이건 하극상이란 말입니다! 아무리 합동수사본부의 수장이라 해도 선배 검사들이 마무리한 사건을 마음대로 들출 수는 없지요!"

더욱 격해진 김재원은 테이블까지 뒤집어버릴 기세였다. 그만큼 그는 이번 일로 분노를 억누르지 못했다.

물론 검찰의 입장에서는 당연한 반응이었다.

잘못이 있든 없든 엄연히 위아래가 존재하는 위치에서 아래가 위의 일을 마음대로 조사할 수 없으니 말이다.

"저도 웬만하면 그 일을 진행하고 싶지 않았지만… 사안이 사안인지라 어찌할 수 없더군요."

성대봉은 그런 대답과 함께 자신의 책상에서 서류뭉치를 들고 와 앞으로 내밀었다.

"이게 뭡니까?"

"당시 검찰수사 결과와 대일신문에서 내보낸 기사에 대한 사항들입니다. 현재까지 약 50건 가까이 대일신문이 독보적으로 사건을 이끌어 왔더군요. 저는 신문사가 신내림이라도 받은 줄 알았습니다."

서류에는 각종 사건에 대한 사항들이 기재되어 있었다.

그중 대일신문이 초반에 보도한 용의자가 검찰에서도 똑같이 적용된 사항이 나열되어 있었다.

분명히 기사가 보도된 날짜와 시각을 보면 용의자가 기소확정되기 전이었다. 그런데 대일신문으로 시작해 여러 방송사들이 용의자가 확정된 것처럼 상황 증거와 함께 보도를 이끌었다.

김재원 검사장의 반응을 살피던 성대봉은 목소리를 끊지 않고 계속 이어 나갔다.

"자세히 확인해보니 몇몇 사건을 담당했던 검사들은 예전에 터졌던 검은 장부 사건으로 옷을 벗었던 것으로 나오더군요."

검은 장부 사건이란 차준혁이 형사로서 처음 맡았던, 대치동 조 사장이라 불리던 조태호 사건을 말함이었다.

그때 차준혁은 획득한 장부의 일부분을 터뜨려 경찰과 검찰의 썩은 부위를 도려내었다.

우연찮게도 당시 조작된 사건을 담당한 검사들이 그 사건으로 인해 대거 목이 잘려버린 것이다. 당연히 그렇게 조사된 사항을 확인한 성대봉의 입장에서는 사건이 멀쩡하게 마무리되었다고 판단하기가 어려웠다.

"김 검사장께서는 여기 있는 사건들이 정말 멀쩡하게 해결된 것이라고 생각하십니까? 만약 조사해서 아무것도 나오지 않는다면 제가 옷을 벗도록 하지요."

성대봉은 어떤 때보다 자신이 있었다. 물론 좋은 일은 아니었지만 대검검사장 김재원과 함께 반발 중인 수뇌부의 입을 다물게 만들려면 극약처방이 필요했다.

"아, 아닙니다."

"저는 이번 합동수사로 법을 집행하는 기관의 썩은 부위를 모조리 도려낼 생각이니 절대적으로 간섭이 없길 바랄 뿐입니다."

더욱 굳건해진 목소리가 사무실을 울리자 김재원은 기를 펴지 못하고 조심스럽게 일어났다.

"이만 실례하겠습니다."

그 시각 굳은 표정의 나도명은 김정구의 앞에 서 있었다. 방금 전, 검경합동수사본부에서 무엇을 수사 중인지 보고했기 때문이다.

"검찰청에서는 아직 연락이 없는가?"

한동안 노발대발하던 김정구는 곧바로 검찰청에 이어둔 연줄인 대검검사장 김재원에게 연락을 넣었다. 지금까지 상당한 뇌물을 은밀히 먹여둔 탓에 어렵지 않게 움직일 수 있었다.

뚜루루루! 뚜루루루루!

그때 핸드폰이 울리자 김정구는 기다리던 전화라고 여기고서 곧바로 통화버튼을 눌렀다.

"확인되었나?"

—후우…….

수화기 너머로는 결과 대신 긴 한숨소리부터 흘러나왔다. 그 탓에 김정구의 표정은 더욱 굳어질 수밖에 없었다.

"왜 그러나? 설마 잘되지 못했나?"

대검검사장 김재원이라면 검찰총장과 맞먹을 수 있는 유일한 인물이었다. 그래서 조직개편 때 성대봉에서 접근하지 못하여 차선책으로 어렵게 자신의 편으로 만들었다.

물론 크게 써먹을 일이 없어 썩혀두고 있었지만 이번만큼은 제대로 해결해주리라 믿었다. 그러나 대답부터 좋지 못하자 김정구의 얼굴은 더욱 일그러져 갔다.

—합동수사본부에서 대일신문과 엮인 일들은 대부분 찾아내었습니다. 지금 상태라면 사건에서 빠져나갔던 인물들이 다시 거론될지도 모르겠습니다.

"뭐…? 하지만 이미 지난 일들이 아닐 텐데. 그리고 다른 검사들이 가만히 있단 말인가?!"

김정구는 생각보다 사건 수사가 빠르게 진행되었음을 느꼈다. 처음에 합동수사본부는 천익에 대해 조사하고 있었기 때문이다. 당연히 누군가 도와주지 않고서야 이런 식으로 진행되기가 힘들었다.

—저도 영문을 모르겠습니다. 지금 상황이라면 예전에 마무리 지어 놓은 사건들이 다시 수면 위로 떠오를 듯싶습

니다.

차라리 사건을 무죄로 만들었다면 일사부재리(一事不再理)의 원칙으로 무마시킬 수라도 있었다.

하지만 지금까지 다른 사람에게 누명을 씌워서 마무리시켜 왔다. 진범이 따로 있으니 검찰에서도 증거만 있다면 재수사가 가능했다.

"어찌 그런… 허면 우리에 대한 수사는 어찌 되고 있는 거지? 합동수사본수에서 우리와 월드세이프펀드를 목표로 잡았다고 하던데."

짧은 기간이었지만 내부에 심어둔 첩자를 통해 천익도 상당량의 정보를 취합할 수 있었다.

그러나 사건의 방향이 엉뚱하게도 대일신문과 과거의 저질러 놓은 사건조작으로 틀어져 난감했다.

—그 부분은 저도 모르겠습니다. 몇 명을 만나서 물어보긴 했지만 어떤 압박을 줘도 대답하지 않았습니다.

합동수사본부에서도 철저하게 준비해 놓은 부분이었다.

그렇게 마땅한 대책이 나오지 않자 김정구는 더욱 눈앞이 캄캄해졌다.

통화는 그렇게 끝났다.

옆에 서 있던 나도명이 조심스럽게 다가가 입을 열었다.

"수사본부 멤버들에게 접촉을 시도해볼까요? 조사해보면 찔러볼 구석이 있을 겁니다."

사람이란 어떤 상황에서도 불만이 있을 수밖에 없었다.

나도명은 그 부분을 찔러 수사본부의 틈을 만들어볼 생각이었다.

"가능하겠나?"

"괜찮은 사람을 확인해뒀습니다. 포섭만 가능하면 저번처럼 무전기와 도청기가 마비될 상황이 만들어지지 않도록 하겠습니다."

"크윽……!"

김정구의 탄식에 나도명은 얼굴을 들지 못했다.

이번에도 차준혁으로 인해 벌어진 말도 안 되는 상황 때문에 첩자들이 들통 났기 때문이다.

"절대로 실수하지 말게. 그리고 접촉 중인 사람들은 어찌 되고 있지?"

세상에 드러난 천익의 아이들을 말함이었다.

수년간 키워 오면서 엄청난 돈을 쏟아부었으니 어떻게든 다시 되찾아야 했다.

그러한 물음에 나도명은 다시 고개를 들었다.

"지난달부터 조금씩 접촉하여 연락망을 구축하고 있습니다. 반년 정도만 더 지나면 경찰들의 관심도 사라질 것이니, 성인들만 그쯤에 어르신께서 말씀하신대로 복지재단을 통해 해외로 내보내는 것이 좋을 듯싶습니다."

이미 세상의 눈에 띈 성인들은 바로 사회 진출이 가능했

다. 그러나 의문이 가득한 사건을 꼬리표로 달고 세상에 나가는 것은 힘들었다.

천익은 그런 사람들을 해외로 보내 신분 세탁시키고, 국내로 다시 들여올 계획이었다.

"좋군. 그 일은 차질이 없도록 해주게."

"명심하겠습니다. 어르신."

대일신문의 조작사건 수사가 진행되는 사이, 차준혁은 IIS를 통해 천익의 다른 움직임에 대해 보고받았다.

평소에는 주경수를 통해 보고해 왔지만 이번만큼은 배진수가 직접 방문해서 마주 앉아 있었다.

"드디어 본격적으로 접촉이 진행되고 있군요."

"아이들 쪽은 아직 아니지만… 반면에 성인들은 전보다 3배 이상 복지재단 직원들과 접촉하는 횟수가 늘어났습니다."

성인의 수는 아이들보다 지극히 적었다.

그 덕분에 IIS는 감시전문 요원들만 붙여서 확인해 왔다. 물론 위험한 상황에서는 어떤 식으로든 안전을 중시하라고 지시도 내려놓은 상태였다.

"역시 가만히 두지 않을 줄 알았습니다."

"복지재단에서 뭘 하려는 걸까요?"

천익의 성인들은 대부분 생활과 구직을 위해 복지재단 관계자를 만났다. 물론 그런 복지재단에는 모이라이의 재단도 있었다. 그러나 생활지원 자금만 받을 뿐 어떤 물음에도 곱게 대답하지 않았다.

누가 봐도 적대적이란 것을 알 수가 있었다.

"저희 쪽에서 알아본 바로는 한걸음 복지재단에서 천익의 사람들을 위한 해외유학 프로그램을 준비 중이라고 하더군요."

"정말입니까? 그런 정보를 어떻게……."

"기업적인 측면에서는 여러 정보들을 얻을 수 있죠. 특히 중요한 일을 앞두면 사소하게 보일 정도로 말입니다."

회사도 결국 사람이 일하는 곳이었다. 물론 그런 사람이 완벽할 수는 없었다. 어떤 일이든 완벽한 통제가 이뤄지지 못하면 틈이 생겼다.

그 점을 이용한 차준혁은 지경원에게 한걸음 복지재단 사람과 접촉하게 만들어 정보를 얻어냈다.

한걸음 복지재단 쪽과 모이라이가 나름 적대적이라고는 하지만 직원들까지 일일이 단속할 수는 없었다.

"저희로서는 어려운 방법이군요."

겨레회나 IIS는 모습을 드러낼 수가 없었다.

물론 대외적으로 활동하는 임진환도 있었지만 차준혁과

같이 움직일 생각까지는 하지 못했다.

"마음먹고서 행동하기 나름입니다. 그보다 천익에서 좋은 타이밍에 움직여주기 시작했네요."

"좋은 타이밍입니까?"

"천근초위 중 하나인 대일신문은 현재 자신들 앞가림하느라 정신이 없습니다. 게다가 다른 언론사들도 마비 상태이니 더할 나위가 없죠."

언론사들은 아무리 정신이 없다고 해도 돌아갔다.

매일매일 사건과 사고들을 집어 와 정해진 시각에 보고해야만 했다.

"어떻게 하실 생각인 겁니까?"

"한걸음 복지재단은 준비 중인 유학 프로그램을 드러내고 싶지 않아 할 겁니다."

"아마도 그렇겠죠."

"그렇다면 더욱 드러내게 만들어야죠. 그것도 자신들의 손으로 말입니다."

차준혁은 배진수에게 더욱 가까이 다가가 생각해두었던 계획을 들려주었다.

"야! 아이템을 이 따위로밖에 못 가져와?!"

KBC보도국 박경식 임시국장은 휘하 캡과 기자들을 회의실로 모이도록 하고서 소리쳤다. 각 언론사들이 혼란스러운 사이에 사건 아이템들이 너무 부실했기 때문이다.

"이것도 아이템이라고 가져온 거야?! 연예인 A씨 스캔들~! 국회의원 조국한 선거비리~! 여름철 휴가로 인한 교통체증 예상~! 마지막 건 누구야! 고작 이딴 걸로 뉴스가 되냐!"

언성이 더욱 높아지자 회의실 분위기는 무겁게 가라앉았다. 누구도 입을 열지 못했고, 고개만 숙이고 있을 뿐이었다.

"지금 방송국이 어떤 상황인지나 알아?!"

박경식도 본래 국장인 김성중이 보도비리로 잡혀 들어가 임시국장을 맡은 상태였다. 솔직히 기분은 좋았지만 지금 상황에서 확실한 사건보도로 지금의 위치를 인정받아야 했다. 그래야 새로운 보도국장을 선출할 때 자신이 뽑힐 가능성이 높았다.

"저기……."

그때 시경일진 기자인 이태용이 조심스럽게 손을 들었다. 사람들의 시선이 모두 그에게로 집중되었다.

"뭐야!"

"나쁘지 않은 아이템이 하나 있기는 한데……."

"그게 뭔데? 아까는 왜 내지 않았나?"

날카로워진 박경식의 물음에 이태용은 더욱 움츠러든 채

로 말했다.

"애매해서 말입니다."

"뭔지나 말해봐."

더욱 주목된 분위기 속에서 이태용은 이리저리 눈치를 보다가 수첩에 적어둔 아이템을 읊었다.

"…갑자기 세상에 나타났던 신원미상의 지구당교 사람들이 있지 않습니까."

"현재 각종 복지재단에서 도와주고 있다던 그 녀석들? 그게 왜?"

"이번에 한걸음 복지재단에서 그 사람들을 위한 해외유학 프로그램을 준비한다고 들었습니다. 복지 프로그램 중에서는 최초로 대규모 프로젝트라고 합니다."

"……."

본래 천익에서 키운 아이들은 천근초위의 은폐 계획으로, 사이비 종교인 지구당교에서 위장 입양시킨 것이 되었다. 진짜 사실을 모르던 사람들은 당시에 은폐된 소식을 듣고서 떠들썩했다.

한두 명도 아니고, 100명도 넘는 아이들을 일개 사이비 종교에서 위장 입양시켜 교인(敎人)으로 만들려 했으니 말이다. 그런데 당시 지구당교 사람들의 새로운 소식이었으니, 박경식은 솔깃할 수밖에 없었다.

"정말인가? 어디서 입수한 정보야?"

지금 말한 대로라면 한걸음 쪽에서 이미 터뜨리고도 남을 소식이었다. 그런데 아무런 정보도 들어오지 않았으니 이상할 정도였다.

"최근에 문제된 고아원을 취재하면서 한걸음 복지재단에 확인 차 갔다가 우연히 들었습니다."

모이라이의 은가람 복지재단에서 대대적으로 고아원을 지원해주자 악영향도 생겼다. 가짜 고아원을 만들어 운영지원금을 꿀꺽하려던 이들이 발견되었기 때문이다.

물론 모이라이에서도 그 사실을 예측하고 충분한 검토를 통해 운영지원금이 헛되게 들어가지 못하도록 조치하고 있었다.

각 방송사 기자들은 그런 사건을 캐치하여 조사했던 것이다.

"흠… 진행은 어디까지 된 건지 알아냈나?"

"제가 확인된 바로는 한걸음 복지재단에서 해당 사람들과 접촉하고 있었습니다."

이태용도 나름 일진기자로서 쌓아온 경력이 있었다. 당연히 아이템 정보를 받고 사실여부를 확인해둔 상태였다.

"괜찮은 아이템인데? 한 번 제대로 파보자. 재단지역 일진들만 모여서 조사해봐. 최종적으로 이태용이 취합해서 보고하고 말이야."

"알겠습니다!"

기자들은 대답과 함께 밖으로 우르르 몰려 나갔다.

이태용은 곧바로 한걸음 복지재단을 찾아갔다. 그리고 지구당교 사람들을 지원하는 부서를 방문하여 친분이 있는 사람을 불러냈다.

"여~! 저번에도 오더니 웬일이야?"

복지재단 지원부서 대리이자 그의 대학동기인 우지훈이었다. 그가 인사하자 이태용도 반가운 얼굴로 가까이 다가섰다. 이내 두 사람은 로비에 놓인 테이블에 앉았다.

"뭣 좀 물어보려고 말이야."

"뭔데?"

"이번에 너희 부서에서 지구당교 사람들에 대해 중요한 프로젝트 진행 중이지?"

그 물음과 함께 우지훈은 깜짝 놀라며 주위를 두리번거렸다.

"…그걸 어떻게 안 거야?"

"저번에 너 만나러 왔다가 우연히 들었다. 그보다 좋은 일인데 왜 그렇게 걱정스런 얼굴이야?"

힘든 사람을 위한 복지사업은 누구에게나 자랑할 만한 일이었다. 그런데 매우 긴장한 우지훈의 표정 탓에 이태용이 의아해하며 물었다.

"쉿! 그 일은 지금 재단 지원부서 내에서도 극비로 진행 중이야. 게다가 규모가 워낙 커서 확실히 진행될지도 몰라."

"대체 얼마나 크기에?"

호기심이 거세진 이태용은 대학동기인 그에게 대답을 재촉했다. 그 탓에 우지훈은 더욱 난처한 표정으로 주변을 또다시 두리번거렸다.

"후우… 대체 누가 떠벌리고 다닌 건지… 벌써 알아버렸으니 어쩔 수 없겠네. 근데 우리 쪽에서 발표하기 전에 절대로 보도하면 안 된다?"

"좋은 일이면 상관없잖아. 혹시 재단에서 비리… 읍!"

"얌마! 너 미쳤냐?"

깜짝 놀란 우지훈이 그의 입을 급히 막으면서 더욱 긴장한 표정을 지었다.

"더럽게… 퉤! 퉤! 이것 좀 치워봐! 그리고 도대체 왜 그렇게 조심스러운 건데?"

"여기서 할 얘기는 못 돼. 사실 좀 찜찜한 구석이 있긴 하니까. 일단 퇴근 후에 만나서 이야기하자. 저녁 7시, 대학생 때 홍대에서 술 마시던 곳 알지?"

이태용이 고개를 끄덕였다.

"거기서 봐."

"야!"

우지훈은 조심스럽게 표정으로 주변을 두리번거리다가 황급히 엘리베이터로 걸어갔다.

그 모습을 지켜보던 이태용은 무언가 있다고 생각하며 머릿속에서 의구심을 지우지 못했다.

저녁 7시까지 시간이 남던 이태용은 지구당교와 관계되었던 사람들을 하나씩 찾아가봤다. 예전 사건 때에 취재로 찾아간 적이 있어 어렵지 않게 도착할 수 있었다.

띵동!

벨소리가 울린 뒤 문이 열리며 한 사내가 얼굴을 내밀었다.

지구당교의 신도가 될 뻔했던 한영우라는 남자였다.

"실례합니다만… 한영우 씨가 맞으시죠?"

"누구시죠?"

"KBC보도국 기자 이태용이라고 합니다."

이태용이 명함을 내밀자 사내의 표정이 살짝 일그러졌다. 사건 당시 취재진들에게 시달렸을 테니 당연한 반응이었다.

"…무슨 일이시죠?"

"최근에 한걸음 복지재단 지원부서 관계자와 만나신 적이 있으시죠? 듣기로는 그쪽에서 해외유학 프로그램을 준비한다고 들었는데… 그 일에 관해 취재를 좀 하려 합니다."

설명을 들은 한영우의 표정이 더욱 일그러졌다.

그리고 고개를 내밀어 문 밖을 한 번 살피더니 이태용을 똑바로 쳐다보았다.

"할 말 없습니다."

쾅―!

문은 큰 소리를 내며 닫혀버렸다.

갑작스런 상황에 멍하니 서 있던 이태용은 영문을 이해할 수가 없었다. 물론 좋지 못한 일로 지금의 상황을 맞이한 것이라 불쾌할 수도 있겠지만 나름 전화위복 중이니 지금 반응이 이해되지 않았다.

"대체 왜 저러는 거지?"

이태용은 그 뒤로도 다른 관계자들의 집을 찾아가봤다.

어차피 모이라이에서 제공해준 임대 아파트였기에 거리도 거기서 거기였다.

하지만 다른 사람들도 처음에 만난 한영우처럼 똑같은 반응을 보였다.

"…허!"

임대 아파트에서 나온 이태용은 어이가 없다는 표정으로 아파트 위쪽을 한 번 쳐다봤다.

결국 그는 아무것도 알아내지 못한 채 대학동기이자 한걸음 복지재단 관계자인 우지훈을 만나봐야겠다고 생각했다.

시간이 흘러 저녁 7시가 되어 갔다.

약속 장소인 홍대 술집에 먼저 도착한 이태용은 자주 이용하던 자리에 앉아 있었다.

"늦는 건가?"

한걸음 복지재단과 홍대까지는 차로 20분 거리였다.

퇴근 시간을 생각하면 웬만하면 늦을 일이 없었다.

어느덧 시간은 7시를 넘어 30분이 더 지나갔다.

맥주를 홀짝이면서 기다리던 이태용은 핸드폰을 꺼내 우지훈에게 전화를 걸었다.

뚜르르르르. 뚜르르르르.

그러나 통화 대기음만 한참을 울릴 뿐, 받지를 않았다.

자주 통화하던 것은 아니지만 평소 우지훈은 시간 약속은 곧잘 지키던 친구였다. 물론 전화도 몇 번 울리지 않고 받았다.

뭔가 이상함을 느낀 이태용은 급히 맥주 값을 계산하고서 술집을 나섰다. 그리고 다시 한걸음 복지재단 건물을 앞까지 찾아갔다.

퇴근 중인 사람들이 하나둘 보였다.

이태용은 건물 안으로 들어가 안내데스크 앞에 섰다.

"무슨 일로 방문하셨나요?"

"친구를 좀 만나러 왔는데요. 생활복지지원부에 있는 우지훈 대리라고요. 핸드폰을 안 받아서 그러는데… 사무실로 전화 좀 넣어주실 수 있을까요?"

"잠시만 기다려주세요."

안내데스크 여직원은 친절한 미소로 답하며 내선전화를

걸어보았다. 누군가가 받았는지 조용한 목소리로 대화를 나누고서 통화를 끝냈다.

"어떻게 됐나요?"

조급한 이태용의 물음에 여직원이 말했다.

"방금 전에 퇴근하셨다고 하네요. 다시 핸드폰으로 걸어보시는 것이 좋을 것 같습니다."

"아… 그래요? 갑자기 급한 일이라도 생겼나?"

심상치 않음을 느낀 이태용은 대충 둘러대며 건물 밖으로 걸어 나왔다.

그리고 다시 우지훈에게 전화를 걸었다.

하지만 아까처럼 통화 대기음만 들릴 뿐이었다.

"설마… 안 좋은 일이도 생긴 건… 아니겠지?"

이태용은 불길한 예감이 들었지만 이내 고개를 절레절레 흔들어댔다. 언론사들이 죄다 검찰에게 찍혀버려서 의심만 가득한 탓이라고 여겼다.

"에이… 아닐 거야. 내일 찾아와보면 알겠지."

결정은 내린 이태용은 곧바로 방향을 돌려 방송국으로 들어갔다.

다음 날, 이태용은 곧장 한걸음 복지재단을 방문했다.

친구인 우지훈과 어제 다 하지 못한 이야기를 마저 나누기 위해서였다. 하지만 로비에서 청천벽력과도 같은 이야기를 듣게 되었다.

"뭐, 뭐…라고요?"

"지원부사무실에서 우지훈 대리님은 어젯밤에 차 사고를 당하셨다고 합니다. 현재 지원부장님께서 병원으로 가 계시다고 하네요."

여직원의 설명에 이태용은 그대로 주저앉을 뻔했다.

"거, 거기가 어디 병원이죠?"

"방금 전에 듣기로는 안양에 있는 HM종합병원이라고 하네요."

이태용은 곧장 밖으로 나가 주차장에 세워둔 자신의 차에 올라탔다. 그리고 여직원에게 들은 HM종합병원을 향해 내달렸다.

다음 날.

"어젯밤 한걸음 복지재단의 직원 중 하나가 사고를 당했다고?"

차준혁은 사무실에서 업무를 보던 중 주경수의 보고를 받았다.

"그곳을 감시 중이던 IIS요원에게 올라온 보고입니다. 처음에는 우연한 사고라고 생각했는데… IIS요원들 말로는 당일 KBC보도국 기자와 접촉했던 직원이라고 해서 말입니다."

"KBC… 기자의 이름이 뭐지?"

"보도국 시경일진 기자인 이태용이라고 했습니다."

곰곰이 생각하던 차준혁은 이내 눈을 크게 떴다.

'이태용 기자라면… 2010년에 보도국 내부고발로 우리 쪽에서 처리했던 사람인데…….'

앞으로 2년 뒤에 벌어질 일이었다.

차준혁은 그때의 기억을 떠올리면서 갑자기 발생한 사건에 대해 이상함을 느꼈다.

"더 자세한 사항은 없어?"

"일단은 둘이 대학동기라고 합니다. 정보는 거기까지입니다. 배진수 팀장님한테 알아봐 달라고 할까요?"

"부탁 좀 할게. 그리고 배 팀장님한테 나에게 바로 연락해 달라고 해줘."

"알겠습니다."

주경수가 나가자 사무실 테이블에서 서류를 확인하던 신지연이 옆으로 다가섰다.

"교통사고라고 하던데… 뭔가 미심쩍은 부분이라도 있어요?"

"이태용이란 사람은 예전에 제가 처리했던 KBC보도국 기자예요. 내부고발을 준비할 정도로 정의감이 있었죠. 하지만 IIS는 위험분자로 판단하고 제거 지시를 내렸어요."

원래 벌어졌어야 할 미래에서 생겼던 일이었다.

지금은 그 미래가 완전히 바뀌었지만 이태용이란 사람의 성향까지는 바뀌지 않았다.

"그럼 이태용 기자와 접촉한 사람이 당한 교통사고도 일반적인 사고가 아니란 건가요?"

"가능성이 없지는 않아요. 그리고 다른 사람도 아니고 한걸음 복지재단 지원부의 직원이니까요."

현재 그곳에서는 천익에서 키운 사람들을 위한 유학 프로그램을 준비 중이었다.

매우 조심스런 상황에서 벌어진 교통사고를 우연이라고 생각할 수도 있지만 차준혁은 묘한 예감이 들었다.

얼마 지나지 않아 배진수에게서 연락이 왔다.

IIS에서 KBC보도국 이태용을 감시하고 있던 덕분에 조사는 오래 걸리지 않았다.

―우지훈은 교통사고를 당하고 바로 죽지 않았답니다. 구급차에 실려 온 후에 과다출혈로 사망했다고 합니다. 그런데 사망진단을 내린 HM종합병원 의사가 좀 수상합니다.

"어떤 부분에서 그렇죠?"

배진수의 보고를 받은 차준혁의 의구심은 더욱 커져 갔다.

―사망 경위에는 딱히 문제가 없어 보이는데… 한걸음 복지재단의 이사장 비서가 그와 따로 접촉했습니다.

"정태훈 이사장의 비서요?"

―이민석이라고… 조사해보니 정태훈 사장의 지시로 온

갖 더러운 짓을 한 정황들이 있더군요.

겨레회와 IIS는 차준혁이 천근초위에 접근하는 동안 내실을 다지며 정부와 기업에 관계된 이들의 정보들을 수집해 왔다.

당연히 한울 일렉트로닉스 정태훈 사장에 대한 정보도 포함되어 있었다.

"사고의 경위가 음주운전이라고 했던가요?"

—일단은 그렇다고 합니다. 대략 조사해보니 술을 마시다가 요양원에 있는 모친의 부고 전화를 받고 나갔다고 합니다. 그리고 안양까지 가던 중에 사고를 당했다고 하더군요. 더 자세한 사항은 해당지역 경찰에서 조사 결과가 나와봐야 알 수 있을 듯싶습니다.

"거기서부터는 제가 맡도록 하죠. IIS에서는 제가 추가적으로 부탁할 일을 기다려주세요."

—그러도록 하겠습니다.

배진수와 통화를 마친 차준혁은 잠시 생각에 잠겼다.

일반적인 교통사고라면 한걸음 복지재단의 이민석 비서실장이 담당의사와 접촉할 이유가 없었다.

하지만 IIS에서 조사한 대로라면 뭔가 숨기는 것이 있다는 의미였다.

"흠……."

"준혁 씨는 사고가 아닌 것 같나요? 술을 마시다가 어머

니가 돌아가셨단 소식을 들었다면 충동적으로 그럴 수도 있잖아요."

반면 신지연은 사고정황에 이상함을 느끼지 못했다.

물론 차준혁도 크게 다르지는 않았다.

그저 정태훈의 비서인 이민석이 의사와 만나서 무슨 이야기를 주고받았는지가 궁금했다.

"우지훈이란 사람의 당일 정황을 확인해봐야 할 것 같아요."

"하지만 한걸음 복지재단의 직원이라면서요. 저번처럼 겨레회에 요청할까요?"

천근초위와 관련 있는 한걸음 복지재단은 현재 천익에서 키운 사람들에 대한 중요한 일을 맡고 있었다.

당연히 그쪽에서도 예의주시하고 있을 테니 함부로 움직이기는 힘들었다.

"그래줘요."

"알았어요."

지난번 이태용 기자에게 정보를 흘린 것도 겨레회였다.

한걸음 복지재단 직원인 것처럼 위장하여 대화하듯이 정보가 넘어가도록 만든 것이다.

신지연은 곧장 IIS서울지부로 전화를 넣었다.

우지훈의 장례식이 치러지는 동안 대학동기인 이태용은 주변 사람들에게 사건 정황을 듣고 놀랄 수밖에 없었다.

"약속 장소에 나오지 않아서 재단에 찾아갔을 때는 분명히 퇴근했다고 들었는데······."

당연히 이상함을 느낄 수밖에 없었다.

그래서 장례식에 찾아온 사람들에게 이것저것 물어 술을 마셨다던 술집을 찾아냈다.

회사에서 멀지 않은 곳에 위치한 호프집이었다.

그 안으로 들어간 이태용은 영업을 준비 중인 사장에게 물었다.

"실례하겠습니다. 저는 KBC보도국 이태용 기자라고 합니다. 혹시 XX월 XX일 이곳에서 술을 마신 이 사람을 기억하시나요?"

이태용은 미리 준비해둔 우지훈의 사진을 내밀었다.

그러자 호프집 사장은 눈살을 찌푸리며 곰곰이 생각에 잠겼다.

"흠… 여기 오는 손님이 한두 명도 아니고… 기억나지 않네요."

"그럼 당일 CCTV 좀 확인해볼 수 있을까요?"

"뭐… 그러시죠."

호프집 사장은 개의치 않고 CCTV를 틀어주었다.

그런데 당일 화면에만 노이즈가 심하게 껴 있었다.

"이거 왜 이러죠?"

"아, 생각해보니 그날 CCTV가 고장 나서 안 되던 날이네요. 바로 다음 날 수리했거든요."

정황을 확인할 수 있겠다고 생각했던 이태용은 안타까울 수밖에 없었다. 그러면서도 우지훈의 죽음에 대해 더욱 의문을 가졌다.

'여직원에게 물어봐도 그때 퇴근했다고 말해준 사람이 누군지도 모르니……'

이태용은 사건을 조사하면서 한걸음 복지재단부터 찾아갔다. 그리고 당시 안내데스크에서 지원부 사무실로 전화를 걸었던 여직원을 찾아가 물어보았다.

하지만 그녀도 전화를 받았던 사람이 누군지 몰랐다. 그저 지원부 사무실에서 전화를 받았으니 직원일 것이라고만 생각했다.

의문이 점점 깊어지던 이태용은 호프집에서 나와 주변을 살펴봤다. 혹시나 인근에 다른 CCTV나 목격자가 있을지 확인하기 위해서였다. 번화가였지만 아직 이른 시간이었기에 사람들이 얼마 없었다.

두리번거리던 중에 맞은편 편의점에 설치된 CCTV를 발견했다. 각도가 아슬아슬하긴 했지만 잘하면 찍혔을지도 몰랐다.

"저거라면 혹시 모르지."

그곳으로 다가가던 이태용은 갑자기 앞을 가로막고선 검은 정장 차림의 두 사내와 마주 섰다.

"…왜 그러시죠?"

"KBC보도국 이태용 기자님이 맞으신가요?"

"맞긴 한데……."

험악한 분위기의 두 사내는 대답을 듣자마자 서로 눈치를 주고받았다.

"중요하게 묻고 싶은 말이 있으니 자리를 옮기도록 하시죠."

"예…? 당신들은 누구신데……."

"바깥에서 신분을 밝히기는 어려우니 이해해주시죠."

두 사내는 분위기로 이태용을 압박하면서 뒤쪽 골목으로 데려갔다.

그리고 주변을 한 번 둘러보더니 다시 입을 열었다.

"이태용 기자님께서 우지훈 씨의 교통사고를 조사한단 것을 압니다. 어디까지 알아내셨습니까?"

"혹시 경찰이신가요?"

"흠… 비슷한 곳에서 나왔습니다. 그러니 대답부터 해주시죠."

무거운 분위기 속에서 이태용은 심상치 않음을 느꼈다.

그래서 도망칠 생각도 해봤지만 그들을 뿌리치기가 힘들

듯싶었다.

"신분증을 보여주실 수 있을까요?"

의심이 더욱 커지던 중에 두 사내는 품속에서 자신들의 신분증을 꺼내 보여주었다.

"국정원 요원이십니까? 그런데 왜 이 사건을……."

"저희 쪽에서는 우지훈 씨의 교통사고와 관계된 중요한 사건을 조사 중입니다. 국가기밀이라서 자세히 대답할 수 없으니 말씀부터 해주시죠."

이태용은 아까부터 재촉하는 그의 물음에 조금은 안심하고 대답할 수 있었다. 국정원이라면 우지훈의 사건을 제대로 파헤쳐줄 수 있을지도 몰랐기 때문이다.

"저도 딱히 알아낸 것은 없습니다. 다만… 사건 당일에 저랑 만나기로 약속했는데 연락도 받지 않고, 다른 사람과 술을 마시다가 그런 일을 겪었다고 해서 말입니다."

"약속을 하셨다고요? 확실합니까?"

사내의 되물음에 이태용은 진지한 표정으로 고개를 끄덕였다.

"정말 확실합니다. 그날 재단에 찾아가 이야기하다가 약속까지 했단 말입니다. 그런데 국정원에서는 제 대학동기가 죽은 사건을 왜 다루고 계신 거죠? 보도에 쓰려는 것이 아니라 그저 알고 싶어서 말입니다."

우우우웅! 우우웅!

그때 이태용의 주머니에서 핸드폰 진동이 울렸다.

핸드폰을 꺼낸 그의 표정이 심하게 일그러졌다.

"자, 잠시만요. 캡한테 온 전화라서요."

이태용은 통화버튼을 누름과 동시에 깜짝 놀랐다.

─야! 이태용! 한걸음 복지재단 아이템 결과는 어떻게 된 거야! 친구 장례식 때문에 미룬다고 하면 다야?! 보도가 당장인데 이따위로 할래?!

고래고래 소리치는 보도국 캡, 황재운의 목소리가 그 이유였다.

물론 이태용도 나름 사정이 있어서 빠진 것이지만 보도국이란 곳이 개인사정을 전부 봐주면서 돌아가기란 어려웠다.

부친상을 제외하고 모조리 간당간당하니 보도국 입장에서 발끈하는 것도 당연했다.

"죄송합니다… 정말 사정이 있어서……."

─지금은 어디서 뭘 하는 중이야!

"저는 지금……."

검은 정장 차림의 사내들이 손가락을 들어 입 앞으로 세웠다. 지금 상황을 있는 그대로 말하지 말라는 의미와 같았다.

"따로 알아볼 것이 있어서 돌아다니고 있습니다. 곧 보도국으로 들어갈 겁니다."

─빨리 오기나 해!

통화를 마친 이태용의 표정이 더욱 일그러졌다.

물론 일이 중요한 것을 잘 알지만 친구의 죽음이 발목을 붙잡았기 때문이다.

"보도국으로 들어가봐야 할 것 같은데… 더 물어보실 것이 남았나요?"

"저희 차에 있는 중요한 서류를 한 번 확인해주실 수 있으신지요?"

"서류요? 제가 봐도 괜찮은 겁니까?"

이태용은 조심스러웠다. 그러자 사내는 가라앉았던 분위기를 풀듯이 말을 이어갔다.

"괜찮은 겁니다. 이쪽으로 오시죠."

사내들은 아까 들어온 골목 반대쪽으로 그를 안내했다.

좁은 길이었기에 세 사람은 바짝 붙어서 걸었다.

"차를 멀리 세워두셨나요?"

"근처에 있습니다."

끼익—

골목 끝으로 다가서던 중 갑자기 검은색 승합차가 튀어나와 길을 가로막았다.

그 순간 깜짝 놀란 이태용은 뒤로 주춤하다가 다른 사내와 부딪쳤다.

"조심하셔야죠."

"죄송… 크으읍!"

지지지직!

동시에 이태용은 전신을 부들부들 떨면서 바닥으로 주저
앉았다. 뒤에 서 있던 사내가 스턴 건을 꺼내 그의 옆구리
를 지져버린 탓이었다.

"빨리 실어."

앞으로 튀어나왔던 승합차의 문이 열리더니 사내들이 내렸
다. 그들은 곧장 기절한 이태용부터 차 안으로 실어 날랐다.

그 시각 차준혁은 MR건설에서 업무를 보고 돌아가다가
배진수에게 전화를 받았다.

수화기 너머로 그의 다급한 목소리가 울렸다.

─마스터! 우지훈의 교통사고를 조사하던 이태용 기자
가 차량으로 납치를 당했습니다.

"뭐라고요?! 그 차량은 미행 중인 겁니까?

─일단은 요원들에게 보고받고 도로에서 따라붙을 수 있
었습니다.

"현재 어디로 가는 중입니까?"

배진수는 수화기 너머로 현재 위치를 물은 뒤에 대답을
이어갔다.

─양재 IC를 넘어가고 있습니다.

"저도 바로 그쪽으로 갈 테니 이동 중인 GPS를 제 핸드
폰으로 연동시켜주세요."

—알겠습니다.

차준혁은 뒷좌석에서 운전석을 쳐다봤다.

중요한 시기인 만큼 주경수가 운전을 맡았고, 경호는 정진우 보안팀장이 맡아 조수석에 앉아 있었다.

삐!

그사이 차준혁의 핸드폰으로 배진수 팀의 차량 GPS위치가 화면에 떠올랐다.

"이곳으로 이동해주세요."

"최대한 빨리 가겠습니다."

운전대를 잡고 있던 주경수는 핸들을 틀면서 차의 방향부터 크게 돌렸다. 그사이 배진수 팀의 GPS신호는 서울을 나가는 톨게이트 방향을 향해 움직이고 있었다.

"그곳으로 가서 이태용 기자를 구할 생각이에요?"

차준혁과 함께 뒷좌석에 타고 있던 신지연은 급작스럽게 변한 상황을 파악하며 물었다.

"아무래도 그래야 할 듯싶어요."

"하지만 그들이 가는 곳에 몇 명이나 있을지 모르잖아요. 차라리 경찰에 신고하는 것이 어때요?"

"뭘 보고 신고한다고 말하겠어요? 상황으로 보아 이태용을 입막음시킬 것이 분명해요. 그렇다면 최대한 빨리 구출하는 것만이 방법이죠."

차준혁은 심각한 표정으로 GPS신호를 뚫어지게 쳐다봤

다. 지금과 같은 상황이라면 이태용 기자가 중요한 정보를 가지고 있을 확률이 높았다.

"혹시… 이태용 기자가 우지훈의 당일 정황을 알고 있었던 건가? 그렇다면 사건에 의문을 가지고 지금처럼 조사했다는 것도 말이 돼."

계속 추측하던 차준혁은 IIS서울지부 한재영 팀장에게 전화를 걸었다.

—방금 전에 보고받았습니다. 차 대표께서 배진수 팀을 따라 이동 중이시라고요?

"맞습니다. 그보다 지금 바로 확인해주셔야 할 것이 있습니다."

—뭡니까?

"한걸음 복지재단 우지훈이란 사람이 교통사고로 죽었습니다. 그 사람의 사고 당일 행적에 대한 CCTV가 있는지 확인해주십시오."

그렇게 통화를 마친 사이, 차준혁의 차량도 고속도로로 들어섰다.

모순이 반복되면
우연이긴 불가능하다

약 2시간 후.

이태용을 납치한 사내들의 차량은 안성으로 들어섰다.

그러다 좁은 도로를 타고 들어가더니 산에 둘러싸인 폐공장 단지 입구에 도착했다. 철조망으로 가로막혀 있던 입구는 승합차가 다가서자 자동으로 활짝 열렸다.

부르르릉— 철컹!

차가 안으로 들어가자 철조망은 자석이라도 달린 듯이 움직여 굳게 닫혔다. 그사이 안으로 들어선 차량은 폐공장 안쪽의 더욱 깊숙한 곳에 섰다.

"빨리 내려."

"굳이 이렇게까지 해야 하나? 쓸데없는 걸 알았으면 그냥 묻어버려도 되잖아."

한 사내가 불평하자 리더인 사내가 인상을 썼다.

"KBC보도국 기자야. 갑자기 사라져버리면 의심을 살 수도 있어. 그러니 적당한 타이밍을 봐서 자살로 꾸며야 해."

사실 그들은 국정원이 아니라 천익 소속의 요원이었다.

열심히 준비 중이던 한걸음 복지재단 일과 연관된 일을 이태용이 캐내려 하자 곧바로 납치해 왔다.

"우지훈이란 녀석도 처리하는 데 애를 먹었는데, 이번에는 그 친구 놈이라니… 왜 이렇게 쓸데없는 일에 관심이 많은 거야?"

계속해서 투덜거리는 사내의 목소리는 다른 이들의 신경을 건드렸다. 모두가 미간을 찌푸리면서 사내를 뚫어지게 쳐다봤다.

"상부의 명령이다. 불복하고 싶은가?"

"에이! 그런 말이 아니잖습니까."

어디든 있을 만한 껄렁거리는 사내였다.

리더인 사내의 진지한 물음에 그는 괜히 뒷머리를 긁적이며 손을 저었다.

승합차에서 내린 5명의 사내는 이태용을 챙겨 폐공장 안쪽에 벽으로 이동했다. 그리고 한 사내가 벽에 숨겨진 버

틈을 찾아 누르자 벽돌로 이뤄진 붉은 벽이 양쪽으로 갈라지더니 계단이 나타났다.

"빨리 내려가서 알아낼 것이 더 있는지 불게 만들고, 처리하도록 하자고."

리더인 사내의 말에 모두가 걸음을 재촉하여 계단으로 내려갔다. 활짝 열렸던 벽은 그대로 닫히며 원래 상태로 돌아갔다.

그 시각 차준혁은 주경수와 함께 숲을 걷다가 폐공장을 발견하고 걸음을 멈췄다.

"저기로 들어간 걸까요?"

주경수의 물음에 차준혁은 고개를 끄덕였다.

"아마도 그런 것 같아. 위성지도 상으로 샛길로 이어진 곳은 이곳이 끝이니까 말이야."

"저쪽에 승합차가 보입니다."

두 사람은 아슬아슬하게 추적차량을 따라잡아 숲으로 걸어왔다. 조금 더 안쪽으로 들어온 덕분인지 주경수가 폐공장 뒤쪽에 세워진 차량을 발견했다.

"그럼 여기가 확실하겠네. 그런데 사람들은 어디에 있는 거지?"

차준혁은 살기를 억누른 초감각으로 폐공장을 살폈다.

그런데 인기척이 느껴지지 않자 이상하게 생각되었다.

"저 안에 비밀공간이 있는 것은 아닐까요?"

"비밀공간이라……."

주경수의 추측처럼 비밀공간이 있는 것이라면 폐공장에
CCTV가 설치되어 있을 것이다. 그렇다면 함부로 들어갔
다가는 오히려 들킬 수도 있었다.

"어쩌……."

"쉿! 숨어!"

감각을 높이고 있던 차준혁은 멀찍이 떨어진 수풀에서
기척을 감지했다. 그래서 주경수의 입부터 막은 뒤 급히
나무 뒤로 몸을 숨겼다.

"여기가 맞습니까?"

"마스터께서 보내주신 좌표는 이 근방이 맞아. 그런데
어디에 계신 거지?"

수풀에서 모습을 드러낸 이들은 배진수와 김욱현이었
다. 그들도 뒤쫓아와서 차준혁을 찾아 숲으로 들어와 있었
다.

부스럭!

그들의 목소리를 확인한 차준혁은 안도하며 모습을 드러
냈다.

"여기 있습니다."

"마스터!"

두 사람은 제대로 찾아왔다고 생각하며 앞으로 다가섰

다.

"유강수 요원은 저격 포인트로 간 겁니까?"

"미리 지시해뒀습니다. 지금쯤이면 도착해서 주변부터 살피는 중일 겁니다. 그리고 여기, 무전기 받으십시오."

차준혁과 주경수는 배진수가 내민 골전도 무전기를 착용하고 상태부터 확인했다. 그리고 이상이 없자 차준혁은 유강수에게 무전을 보냈다.

"여기는 MAD ZERO. 주변에 사람이나 전기계통 장치가 있는지 확인 바란다."

―MAD THREE 송신. 건물 남쪽 벽과 공장 입구 뒤편에서 장치를 발견해뒀습니다.

우수한 저격수답게 유강수는 위치에 도착하자마자 중요한 사항들을 확인해두었다.

"그럼 신호하면 바로 모든 전기계통장치에 특수탄을 박아주도록."

특수탄이란 MR테크를 통해 개발된 분쇄탄이었다.

구리와 납 외에 특수한 자재를 사용하여 적중과 동시에 분쇄되는 특성을 가지고 있었다.

전자기기와 같은 경우에는 그 탄을 맞게 되었을 때 폭발을 일으켰다. 물론 탄환은 완전히 분쇄되어 누구도 흔적을 찾을 수 없었다.

―Roger.

차준혁은 다시 고개를 돌려 사람들을 쳐다봤다.

"그럼 이제부터 배 팀장님은 김욱현 요원과 같이 움직여 주세요. 신호와 동시에 장치들이 파괴되면 움직이도록 하죠."

"여기, 장비를 입으시죠."

옆에서 여러 장비들을 확인하던 배진수는 차준혁과 주경수에게 울린지로 만들어진 방탄복을 내밀었다.

"고맙습니다."

두 사람은 곧장 그것을 걸친 뒤 같이 넘겨받았던 위장마스크를 썼다.

"저기 말입니다."

그때 조용히 있던 김욱현이 조심스럽게 손을 올렸다.

"왜 그래? 무슨 문제 있나?"

"이번에 마스터랑 팀을 이뤄보고 싶습니다."

IIS창설 당시 김욱현은 예전에 차준혁을 얕잡아보고 덤볐다가 호되게 당했다. 그 이후로 틈이 날 때마다 수련해왔고, 차이가 얼마나 좁혀졌는지 확인해보고 싶었다.

"야! 지금은 긴급 상황이야!"

"하지만……."

배진수는 얼토당토 않는 요청에 버럭 화를 내며 말리려 했다. 그러나 차준혁은 그런 김욱현의 의도를 알아차리고 뒷머리를 살짝 긁었다.

"김욱현 요원이 저와 팀을 이루도록 하죠. 경수야. 네가 배 팀장님과 같이 움직여라."

"그러실 필요 없습니다."

의외로 차준혁이 쉽게 허락하자 배진수는 손을 흔들면서 수습해보았다.

"아닙니다. 확인해보고 싶은 것이 있으면 해야죠. 그리고 실력을 맞춘다면 그러는 편이 나을 겁니다."

주경수도 시간이 날 때마다 IIS요원 훈련을 수료했다고 하지만 완벽한 것은 아니었다.

지금까지 차준혁의 그늘 때문에 실력 발휘를 못 했을 테니 배진수와 같이 움직여보는 것도 나쁘지 않았다.

"알겠습니다. 그럼 팀을 바꾸도록 하죠."

"잘 부탁드립니다."

단번에 지시를 수긍한 주경수는 바로 배진수의 옆으로 섰다. 그러자 김욱현도 차준혁의 옆으로 다가왔다.

"그럼 움직이도록 하죠."

준비가 완료되자 차준혁은 무전기로 신호를 넣었다.

"MAD THREE. FIRE!"

—Roger! MASTER!

네 사람이 있던 위치 반대쪽에서 소음기가 장착된 저격용 총이 탄환을 내뿜었다. 그와 동시에 폐공장 곳곳에 있던 전기장치들이 폭발을 일으키며 숲이 들썩거렸다.

"돌입!"

외침과 함께 MAD ZERO와 ONE으로 나뉘어 동쪽과 북쪽의 수색을 맡았다.

차준혁은 김욱현과 동쪽에 세워진 차량 앞으로 다가가서 흔적을 찾아보았다. 다행히 발자국이 남아 있었다. 그것을 따라가자 벽으로 이어진 것을 확인할 수 있었다.

"다른 두 사람을 호출해주세요."

"알겠습니다."

지시가 내려지자 김욱현이 공장 북쪽으로 향한 두 사람을 불러들였다. 그사이 차준혁은 초감각으로 벽을 확인하여 갈라진 틈과 미세하게 뜬 벽의 일부분을 찾아냈다.

"뭔가 발견하셨습니까?"

뒤로 도착한 두 사람은 숨을 죽이고 물었다.

"비밀통로 같습니다. 일단 바로 누르겠습니다. 앞에서 적들이 대기 중일지도 모르니 긴장하세요."

세 사람은 벽 옆으로 몸을 붙이고 침부터 삼켰다.

상대가 총을 가지고 있을지도 몰랐기 때문이다.

물론 울린지로 만들어진 전투복을 입고 있었지만 쪽수로 인해 밀릴 수도 있었다.

절대 사로잡혀선 안 되기에 각오가 필요했다.

"안이 컴컴할 겁니다. 모두 놀라지 말고 대처하세요. 흐읍!"

딸칵—

차준혁은 버튼을 누르기 직전 살기를 최대치로 일으켰다. 초감각도 같이 펼쳐지며 열리기 시작한 비밀통로의 안쪽으로 인기척이 잔뜩 느껴졌다.

피피픽! 피픽!

역시 적들은 소음기까지 장착된 권총을 소지하고 있었다. 문이 열림과 동시에 어둠 속에서 탄환들이 사선으로 빗발치며 지나가 천장으로 박혀 들어갔다.

그사이 차준혁은 입구로 빠르게 들어가 그들을 향해 달려들었다.

'일단 4명인가?'

계단은 좁았기에 2명씩 높이를 달리해서 권총을 쏘아대고 있었다. 그것을 확인한 차준혁은 직진이 아닌 천장과 벽을 번갈아차며 총구 방향에 혼선을 주었다.

퍼퍼픽! 퍼퍽—!

그들의 코앞에 도착한 차준혁은 태무도의 격타(擊打)만 사용해 주먹으로 급소를 찔렀다.

그 묵직한 공격에 사내들은 격한 신음만 내뱉을 뿐 계단 위로 쓰러질 수밖에 없었다.

"들어오셔도 됩니다. 캄캄하니 조심하시고요."

비밀통로 밖에서 바짝 긴장하고 있던 세 사람은 차준혁의 온전한 목소리가 들려오자 고개를 내밀었다.

빗발치는 탄환을 피해 어떻게 적들 앞까지 다가간 것인지 이해하지 못하는 표정들이었다.

"괜찮으십니까?"

배진수가 플래시로 주변을 밝히며 다가와 물었다.

"저는 멀쩡하니 이 녀석들이나 마취시켜주세요. 탄환을 꼭 챙겨주시고요."

"아, 알겠습니다."

얼떨떨한 목소리로 대답한 이들은 아피솔라젠 마취 총을 꺼내 신음을 흘리던 사내들을 재워버렸다.

물론 차준혁의 말대로 탄환도 곧바로 회수했다.

"바로 내려가보죠. 탄환이 부서져서 회수가 힘들지도 모르니 최대한 육탄전으로 해야 합니다."

"방금 전에 마스터가 하셨던 것처럼 말입니까?"

배진수가 마스크 밖으로 드러난 눈을 진지하게 뜨고 물었다. 도저히 자신들의 실력으로는 차준혁처럼 움직일 수 없었기 때문이다.

"아… 죄송합니다. 하지만 실탄권총을 쓴다는 것을 알았으니 조심할 필요가 있습니다."

"그냥 밀어붙이죠. 어차피 방탄되는 전투복도 입었지 않습니까."

울린지 전투복은 소총의 탄환까지 충분히 막아낼 수 있었다. 때문에 김욱현은 무모하게 돌입해도 문제없다고 주

장했다.

"그건 안 됩니다. 전투복이 총탄을 충분히 막아낼 수는 있지만 그걸 적에게 보이면 흔적을 남기게 될 겁니다. 최대한 흔적이 남지 않도록 움직여야 합니다."

울린지의 방탄 효과는 대외적으로 웬만큼 알려진 상태였다. 그러나 권총까지만 막아낼 정도였기에 그 이상의 효과가 드러나면 천근초위에서 모이라이를 의심할 것이 뻔했다.

차준혁도 그 사실을 최대한 숨기기 위해 정말 어쩔 수 없을 때만 전투복으로 탄환을 막아왔다.

"하지만 목표물을 찾기 위해 마스터께서만 선두에 나서서 싸울 수는 없지 않습니까."

계단 끝에는 갈림길이 있었다. 지하에 어떤 시설을 만들어 놓은 것인지 평면도가 없으니 알기가 어려웠다.

그러니 수색을 위해 2팀으로 갈라져야 했다.

"지금은 어쩔 수 없겠죠. 하지만 최대한 빠르게 움직여서 탄환을 전투복으로 막는 모습을 보이지 말아야 합니다."

타다다다다—!

그사이 차준혁의 귀로 사내들의 발자국 소리가 들려왔다. 복도 안쪽에서 들려오는 소리였다.

"양쪽에서 사람들이 몰려오고 있습니다. 바로 갈라져서

찾도록 하죠."

복도를 통해 울린 소리 중 목표물인 이태용을 찾을 만한 소리는 없었다.

팀을 나눠서 직접 찾아보는 수밖에 없었다.

물론 이미 죽었을 수도 있었다.

그러나 대외적으로 천익에 대한 사건을 보도해줄지 모르는 사람이니 살아 있을지도 모른다는 가능성부터 두고서 움직여야 했다.

"배 팀장님. 경수를 잘 부탁드립니다. 김욱현 요원께서는 저랑 함께 가죠!"

두 팀은 각자 길을 골라잡고 빠르게 달려 나갔다.

발소리가 감지되었던 무리들이 달려오는 중이었다.

그들은 외길 통로에서 다가오는 두 사람을 보더니 급히 사격 자세부터 취했다.

"빛을 직선으로 보지 않게 최대한 구석으로 붙으세요! 녀석들은 제가 처리하겠습니다."

복도는 전기가 나간 탓에 완전히 캄캄했다.

그런 상황에서 플래시 불빛을 보면 일시적으로 시력에 문제가 생길 수도 있었다. 물론 차준혁도 그 문제를 잘 알았기에 김욱현에게 주의를 주며 눈을 감은 상태였다.

살기로 일으킨 초감각의 청력으로 적들의 위치를 알아낼 수 있기 때문이다.

차준혁은 계속해서 살기를 내뿜으며 사내들의 코앞까지 다가가 벽과 천장을 차고 뒤로 넘어갔다.

탁―!

순식간에 벌어진 일이었기에 전방으로 총구를 향하던 이들은 멀뚱한 표정을 지었다.

그 순간 차준혁은 뒤쪽에 선 사내 하나를 전추로 메치면서 다른 이들에게 격타를 내질렀다.

쿵! 퍼퍽! 퍽! 퍽! 우드드득!

좁은 통로 바닥으로 두세 명이 쓰러지자 전방에서 몸을 숙이고 있던 김욱현이 마취 총을 발사했다. 그렇게 몰려왔던 이들은 모두 쓰러져서 잠이 들었다.

"얼마나 더 있을까요?"

숨을 고르던 차준혁의 옆으로 김욱현이 다가와 물었다.

"녀석들에게 이 아지트가 중요한 곳이라면… 앞으로도 더 나오겠죠."

처음에 4명 이후로 방금 전 상대한 이들은 6명이었다.

모두 훈련을 받은 이들로, 일반 요원이 상대하기는 벅찰 수도 있었다.

"일단 빨리 들어가보죠."

두 사람은 복도를 내달렸다.

이후 몇 개의 방이 나왔지만 아무도 없었다.

"더 이상 나타나지 않는데요?"

"일단 더 안쪽으로 들어가……."

선두에서 달리던 차준혁은 급히 발을 멈췄다.

복도 너머로 말소리가 들려왔기 때문이다.

"도대체 어떤 놈들이 쳐들어온 거지?"

"모르겠습니다. 지금 요원들이 나간 상태이지만 무전이 되지 않습니다."

그들의 목소리는 복도 깊은 곳에서 들려왔다.

차준혁은 곧장 달리던 속도를 높였다.

"우리가 온 길이 맞는 것 같네요. 곧 있으면 도착할 겁니다."

옆에서 따라오던 김욱현은 더욱 긴장한 표정으로 달리고 있었다.

이태용은 캄캄한 어둠 속에서 천천히 눈을 떴다.

스턴 건으로 지져졌던 옆구리가 욱신거렸지만 지금은 상황 파악이 우선이었다.

'도대체 어떻게 된 거지……?'

그사이 낯익은 목소리가 옆에서 들려왔다.

"도대체 어떤 녀석들이 여기로 쳐들어온 거야?"

"모르겠습니다. 먼저 나갔던 요원들에게 계속 무전을 쳐 봤지만 대답이 없습니다."

이태용에게 국정원이라고 소개했던 사내들의 목소리였

다.

그러나 지금 상황만으로 자신에게 위험이 닥쳤단 것을 금방 깨달을 수 있었다.

'설마… 납치당한 건가?'

주변으로 안절부절못하는 발걸음 소리가 정신없게 들려왔다. 그 탓에 이태용은 깨어났음에도 다시 눈을 감고 기절한 척했다.

"어쩔 수 없지. 일단 이 녀석부터 해결하고 여기서 빠져나간다."

"알아낼 정보는 상관없는 겁니까?"

"비상사태에 무슨 정보! 여기는 포기하고, 모두 소각시킨다. 프로그램을 실행시켜!"

사내는 그렇게 말한 뒤 품속에서 권총을 꺼내 들었다.

그리고 의자에 묶인 이태용에게 성큼성큼 다가갔다.

'어, 어쩌지……?'

대화를 듣고 있던 이태용은 눈을 감은 채로 손에 힘을 줘봤지만 꽁꽁 묶인 상태였다. 결국 묵직한 사내의 발걸음 소리 끝에 죽게 될 것임을 알았다.

쾅—!

그 순간 문이 강하게 젖혀지며 사내들의 발걸음 소리 대신 날카로운 바람 소리와 타격 소리가 들려왔다.

피픽! 퍼퍽! 퍽! 퍽! 피픽!

탄환이 발사된 것이다.

겁을 먹고 있던 이태용은 몸을 잔뜩 움츠린 채로 소리가 끝나기만을 기다렸다.

잠시 후, 침묵이 찾아들었다. 누군가가 여전히 눈조차 뜨지 못하던 이태용의 어깨를 붙잡았다.

"헉! 난 아무것도 몰라요! 정말 모릅니다!"

깜짝 놀란 이태용이 급한 눈을 뜨며 외쳤다.

계속 눈을 감고 있던 덕분인지 어둠에 익숙해져 앞에 선 사람의 모습을 대충 확인할 수 있었다.

"누, 누구시죠……?"

국정원이라고 소개했던 사내가 아니었기 때문이다.

사내는 바로 차준혁이었다.

그는 다급히 방 안으로 들이닥쳐 남아 있던 두 사내를 쓰러뜨린 후 안전을 확보했다.

물론 이태용에게는 정체를 밝힐 수 없었다. 그래서 대답하지 않은 채 한쪽에 서 있는 김욱현을 쳐다보았다.

김욱현은 어둠 속에서 그 신호를 받더니 마취 총을 쏘아 이태용에게 맞췄다.

"아니… 난……."

계속 질문을 던지려던 이태용은 그대로 기절해버리면서 고개를 떨구었다.

"조금만 늦었어도 큰일 날 뻔했군요."

"그러게 말입니다. 이런 장소에 폭탄까지 미리 설치해뒀을 줄은 몰랐습니다."

차준혁이 이태용에게 다가가던 사내를 맡는 동안 김욱현이 폭탄을 실행시키려던 사내를 쓰러뜨렸다.

물론 그가 하려던 행동까지는 몰랐다. 마취 탄으로 기절시키고 나서야 무엇을 하려고 했는지 알 수 있었다.

"혹시 모르니 완전히 해체시켜두죠."

"하실 수 있으십니까?"

"미치광이 폭탄마가 설치한 것만 아니라면 웬만큼 가능합니다. 그보다, 다른 요원들도 소집을 시켜주세요. 이것만 마치는 대로 경찰이 올 수 있도록 해주시고요."

"알겠습니다."

차준혁은 김욱현이 무전을 치는 사이에 구석에 놓인 상자로 다가섰다. 폭탄은 외부 전원과 상관없이 작동되는 모델이었다. 만약 천익의 요원들이 조금만 더 판단을 빨리했다면 이미 작동되었을지도 몰랐다.

'아슬아슬했군.'

다행히 폭탄은 차준혁이 해체할 수 있는 모델이었다.

중요 배선을 자른 뒤 전원 코드까지 분리하여 작동하지 않도록 만들었다.

"해체는 끝났습니다. 다른 분들은 오는 중이랍니까?"

"예. 그렇습니다."

김욱현의 태도가 아까보다 더욱 빠릿빠릿해졌다.

부담을 느낀 차준혁이 고개를 갸웃거리며 물었다.

"왜… 그러시죠?"

"아닙니다."

타다다다닥!

그사이 배진수와 주경수도 위치를 찾아 도착했다.

딱히 문제는 없었는지 무사한 모습이었다.

"두 분이서 간 곳은 잘 정리됐습니까?"

"전부 해결했습니다. 그보다 이태용 기자를 찾았군요.
무전으로는 경찰을 부르신다고 들었습니다."

"계속 저희만 일을 해결해봤자 아무것도 되지 않습니다.
그러니 이제부터는 본격적으로 경찰과 검찰에서 움직일
수 있도록 해야겠지요."

이번 사건에서 차준혁은 어쩔 수 없이 움직였다.

그만큼 위험을 감수해야 할 필요가 있었다.

하지만 제일 중요한 사건의 해결 방향도 잘 의식한 상태
였다. 그래서 천익의 비밀아지트로 경찰을 불러 사건을 드
러나게 만들 생각이었다.

"신고는 마쳤습니다! 곧 있으면 인근 경찰서에서 출동해
올 겁니다!"

"이 자식… 왜 이럽니까?"

아까보다 기강이 잡힌 김욱현의 보고에 배진수 또한 이

상하게 생각했다.

"저도 모르겠습니다. 아무튼 바로 철수하도록 하죠."

네 사람은 캄캄한 복도를 달리며 아무런 흔적도 남기지 않은 채 천익의 아지트에서 사라졌다.

[대한민국의 안전에 빨간불이 들어왔습니다. 어젯밤 K방송사 보도국 기자 이XX 씨가 총기를 소지한 괴한들에게 납치되었다가 경찰들의 출동으로 구출되었습니다. 괴한들은 알 수 없는 원인으로 기절한 상태였으며, 현재 해당지역 경찰에게 조사받는 중입니다. 괴한들의 수는 총 15명으로, 국정원을 사칭하여 피해자인 이XX 씨를 납치한 것으로 추정하고 있습니다. 더욱 중요한 사실은 이XX 씨가 납치, 감금되어 있던 장소가 경기도 안성 외곽에 위치한 폐공장 지하였다는 사실입니다. 그 장소는 누군가에게 개조된 것으로, 특수한 목적을 위한 것이라 추측되고 있습니다.]

방송사들은 이번 사건이 터지자마자 개떼처럼 몰려들어 방송하기 바빴다. 물론 천익에서 수습해보려 했지만 아지트까지 드러난 상태에서 대일신문 송해국까지 검찰조사를 받던 탓에 불가능했다.

족쇄가 풀린 방송사들은 너도나도 할 것 없이 나서서 방송해댔다.

IIS수뇌부들은 만족한 표정을 지었다.

특히 국장인 주상원의 얼굴에는 미소가 한가득이었다.

"좋군요. 이걸로 검찰에서도 해당 아지트의 부지와 건물의 명의자부터 조사를 시작하겠네요."

"그러고 있다고 합니다. 물론 흔적을 잡아내기는 어렵겠지만 이번 일로 인해 천익에서도 쉽게 움직이지 못할 것입니다."

정보분석팀장인 한재영도 쾌거라고 생각했다.

의문의 존재들이 방송사 기자를 노렸다는 것까지 드러났으니, 그가 조사하던 우지훈의 교통사고도 재조사할 것이기 때문이다.

결국 한 번의 과격한 움직임으로 줄줄이 굴비 엮듯이 드러날 예정이나 마찬가지였다.

물론 그 과정에서 차준혁이나 겨레회가 검경에 있으니 누구도 쉽게 막을 수 없었다.

"현 상태대로라면 차 대표가 세운 계획대로 가능하겠습니다."

"지금도 월드세이프 펀드와 천인, 미더스 물산에 대해 조사하는 중입니다. 시간이 좀 걸리겠지만 어렵지 않다고

여겨집니다."

차준혁은 대일신문을 흔들어 천근초위의 눈과 귀, 입을 틀어막았다.

지금까지 어떤 일이 있든 간에 언론사를 이용해서 사건을 수습해 왔겠지만 이제는 불가능할 것이 분명했다.

"정말 다행이군요. 헌데… 요즘 현장요원들의 기강이 높아졌다고 들었습니다. 의욕은 좋지만 너무 과한 것이 아닌지요."

보고가 일단락되자 주상원은 최근 훈련이 거세진 현장요원들이 걱정되었다. 그러자 다른 쪽에 착석해 있던 현장요원 관리부장 김도성이 입을 열었다.

"최근에 차 대표와 실전 임무를 뛰고 온 김욱현 요원 때문인 듯싶습니다."

"김욱현 요원이요…? 보고서 상으로는 특이사항이 없던데… 거기서 무슨 일이라도 있었답니까?"

천익의 비밀아지트 사건에 대해서는 주상원에게도 보고가 들어갔다. 그러나 과정과 결과에 대한 것뿐이라서 차준혁이 어떤 활약을, 어떻게 했는지는 적혀 있지 않았다.

"좁은 복도에서 빗발치는 총탄을 피해 2단 도약 후 일격으로 5~6명을 순식간에 쓰러뜨렸다더군요."

"허어… 이번에 지급된 울린지 전투복이 있어서 가능했던 것이 아닙니까?"

MR테크에서 비밀리에 IIS로 납품한 울린지 전투복은 엄청난 호평을 받았다. 물론 바깥으로 드러내고 쓸 수는 없었지만 요원들의 생명을 책임져줬다.

그런 설명에 주상원은 자신이 생각할 수 있는 가능한 범위에서 추측해본 것이다.

"아닙니다. 되돌려 받은 전투복을 확인해보니 총탄이 스친 흔적만 있고, 직격한 자국은 없었습니다."

울린지 전투복도 섬유로 이뤄진 것이기에 아무런 흔적도 남기지 않고 탄환을 막을 수는 없었다.

당연히 스치거나 직격하면 흔적이 남았다.

흔적이 없다는 것은 탄환을 맞지 않았다는 의미였다.

"…정말 대단한 사람이로군요."

"아마 차 대표가 없었다면 갑작스럽게 이뤄진 이번 작전에서 우리의 흔적을 남겼을지도 모릅니다."

"하긴… 폭탄까지 해체해주었다면 말을 다 한 것이겠지요."

폭탄에 대해서는 검찰과 경찰에서 일부러 함구했다.

가뜩이나 총기를 사용한 것까지 드러나 국민들의 안전의식이 흔들리는 판국이었기 때문이다.

그 상황에서 폭탄의 존재까지 드러나면 더욱 큰 혼란이 찾아올 것이 뻔했다.

"아무튼 차 대표 덕분에 많은 것을 이루는군요."

"예전에 국장님이 말씀하셨던 것처럼 차 대표가 우리의 적이었다면 큰일 날 뻔했습니다."

침묵을 지키던 한재영은 주상원의 의견에 동조하면서 섬뜩한 말을 꺼냈다. 동시에 자리를 지키던 IIS수뇌부들의 등골이 오싹해졌다.

현재 차준혁은 젊은 나이에 이룬 거대한 부(富)와 어떤 요원도 따라갈 수 없는 전투 능력을 가지고 있었다. 게다가 미래를 보는 것처럼 혜안(慧眼)까지 갖추어서 어떤 일이든 완벽에 가깝게 해결해 왔다.

만약 주상원이 상상했던 것처럼 적이었다면 겨레회가 지금의 천근초위처럼 벼랑 끝으로 달리고 있을지도 몰랐다.

"솔직히 저는 차 대표가 나중에라도 우리에게 등을 돌릴지도 모른다는 두려움이 있습니다."

김도성은 지금까지 차준혁의 실력을 보고, 들으면서 그런 마음이 커져 갔다.

물론 주상원이나 다른 수뇌부들도 마찬가지였다.

"그런 부분 때문에 차 대표께서 IIS에 대한 모든 권한을 우리에게 일임해준 것이 아니겠습니까. 저도 걱정되는 부분이지만… 서로 믿고 가야 할 부분이지요."

그런 주상원의 설명에 한재영이나 김도성, 다른 수뇌부들은 고개를 끄덕일 수밖에 없었다.

예전에 차준혁이 지금과 같은 걱정을 우려해 어떤 일에

도 자신의 입김이 들어가지 못하도록 신뢰 조건을 만들어 주었다. 그리고 모이라이의 입장에서도 겨레회와 같은 배를 탄 입장이기 때문에 쉽게 생각하지 못할 부분이었다.

회의가 끝나자 현장 관리부장인 김도성은 지하 훈련실로 내려갔다.

그곳에서는 여러 요원들이 눈에 불을 켜고 훈련하는 중이었다.

"흠……."

그 모습을 조용히 지켜보던 김도성이 앞으로 나섰다.

그러자 모두가 행동을 멈추고서 정면으로 차렷 자세를 취했다.

"모두들 수고가 많군."

"아닙니다!"

앞으로 걸어 나간 김도성은 요원들 중 김욱현을 발견했다.

"자네는 아직도 있었나? 잠깐만 현장으로 복귀한다고 하더니 말이야."

"열중하다보니 지체되어서 막 가려던 참입니다."

김욱현은 배진수의 팀으로, 다른 요원들과 다르게 따로 움직였다.

언제든 서울지부로 들어올 수 있었지만 요즘은 중요한 상황이다보니 대부분 밖에 나가 있었다.

"참으로 열심히 하는군. 그래서 답은 좀 찾았나?"

"…딱히 찾아낸 것은 없습니다."

지금까지 훈련하던 김욱현은 자신보다 어리면서 대단한 실력을 갖춘 차준혁을 존경했다. 그러면서 어떻게 그런 실력을 가진 것인지 궁금하여 수련에 매진한 것이다.

"후우… 그럴 줄 알았지. 안 그래도 차 대표에게 연락이 왔더군. 자네에게 조언 좀 해주라고 말이야."

"…예?"

차준혁은 김욱현이 자신과 같은 조로 움직이겠다고 한 이유를 잘 알았다.

그래서 뒤늦게 김도성에게 연락하여 설명해주었다.

"차 대표가 말하길 신체 능력 면에서는 자네나 몇몇이 더 뛰어날 것이라고 하더군. 대신 공격할 때의 마음가짐에서 차이가 난다고했어."

"저는 언제나 진지했습니다."

"허허허허. 준혁이 녀석이 꽤나 옳은 소리를 했군."

그때 훈련장 한쪽에서 유중환이 걸어 들어왔다.

방금 전, 두 사람이 나누던 이야기를 모두 들은 상태였다.

"사범님! 오셨습니까!"

훈련 중이던 모든 요원들이 그에게 인사했다.

"어허! 그리 격식 차린 인사는 됐다고 하지 않았나. 그보다 욱현이가 준혁이의 실력을 보고 고민이 많았나보군."

손을 내저은 유중환이 대화를 이어 나가자 김욱현은 숙이고 있던 고개를 들었다.

"방금 김 사범께서 하신 말씀이 이해되지 않아서 말입니다."

"그게 자네와 녀석의 차이지. 실상 사람이 사람을 상대하는데 망설임이 생길 수밖에 없는 법. 나름 진지하다고해도 마음대로 할 없는 법이지."

　모든 요원들은 누구보다 진지한 마음으로 적을 상대했다.

　그러나 유중환이 지적한 부분은 그것과 사뭇 달랐다.

"어떻게 하면 되는 겁니까?"

"그건 쉽게 줄일 수 없는 것이네. 오랜 경험을 바탕으로 둔 실력이 아니고서는 말이지."

"차 대표도 특수부대 출신이라고는 하지만… 저희보다 어렵습니다. 그런데 어떻게……."

　그의 물음에 유중환은 자신의 턱을 쓰다듬었다.

　그도 이해되지 않는 부분이었지만 차준혁이 그것을 갖췄다고 생각할 수밖에 없었다.

"경찰교육원에서 처음 만나기 전부터 갖추고 있었던 것이니 나도 모르지."

　당시 첫 대련에서 유중환은 차준혁에게 특별함을 느꼈다. 물론 태무도의 형(形)을 완성시키는 데 관심이 더 컸지만 실력에서 느껴졌던 기묘함은 여전히 의문으로 남아 있었다.

"정말 정체불명은 따로 있군요."

"허허허… 그래도 나쁜 녀석은 아니니 다행이지."

"유 사범님께서 보시기에는 차 대표에게 믿음이 간다는 말입니까?"

김도성은 회의실에서 주상원과 같이 차준혁에 대해 의문을 가졌다. 나름대로 정리된 것이지만 무턱대고 믿는 유중환이 이상해 보일 수밖에 없었다.

"녀석을 믿지 못한다면 누굴 믿겠나. 그건 자네들도 잘 알고 있을 텐데 말이야. 사람을 두려워하기보다 믿음으로 써보게."

그 말을 끝으로 유중환은 웃으면서 나갔다.

한편, 천익에서는 이번에도 실패하게 된 소소한 일로 인해 심각해졌다.

그 탓에 나도명과 홍주원은 회의실 정면에 떠오른 김정구의 모습을 보며 고개를 숙인 채 서 있었다.

"대체 일들을 어떻게 처리하기에 이런 것인가! 고작 쓸데없는 기자 하나를 처리하지 못하고 안성에 만들어둔 아지트까지 털려?"

험악해진 분위기에 두 사람은 고개를 들기 어려웠다. 이에 김정구는 더욱 미간을 찌푸리며 말을 이어 나갔다.

"이번에도 어떤 녀석들인지조차 알아내지 못하다니…

자네들에게 실망이 크군! 대업이 얼마 남지 않은 상황에서 어쩌려고 그러는 건가!"

또다시 질문이 이어지자 홍주원이 조심스럽게 고개를 들었다.

"KBC기자 일은 이번에 준비하던 유학 프로젝트에 방해가 되어 처리하려던 것입니다. 그자가 어디까지 정보를 알아낸 것인지 그리고 누군가에게 말하지 않았는지를 확인하려다보니……."

나름 이유가 있는 변명이었다.

물론 김정구도 그 사실을 알기에 잘못된 것이라 말하지는 못했다. 천익에서 키운 사람들을 유학 프로젝트로 신분 세탁시키는 일은 매우 중요했기 때문이다.

"그럼 이번 일로 인해 그 프로젝트까지 문제가 생겨버린 건가?"

"당시 한걸음 재단 지원 비리를 밝히려던 우지훈이란 사내는 최대한 교통사고로 위장해서 죽였습니다. 그날 기자와 약속한 줄은 몰랐기에… 그래도 나름 깔끔하게 처리한 것이라 재단까지 조사가 들어가기는 힘들 겁니다."

애초에 한걸음 복지재단에서 근무하던 우지훈이 모든 일의 발단이었다.

그가 재단지원에 대한 비리를 눈치채고 조사만 하지 않았더라면 지금처럼 번거로울 이유가 없었다.

하지만 일은 이미 벌어진 뒤였다.

게다가 기자를 처리하려던 요원들까지 정체불명의 조직에게 간섭당하며 검거되었다.

"확실한가?"

"이상한 낌새가 보인다면 문제의 소지가 있더라도 곧장 처리하겠습니다."

결국 지금의 일도 확신할 수 없다는 대답과 같았다.

김정구 또한 그것이 현재 상황에서 최선임을 잘 알기에 더 이상 말을 잇지 못했다.

"…이제는 실수 없길 바라네. 그리고 녀석들에 대해서도 어떻게든 알아내봐."

"현재 납치 경로에서부터 흔적이 드러났을 만한 장소를 조사하는 중입니다. 이번에는 급박하게 결정되었던 사항이라 그쪽에서도 정보를 얻는 데 있어서 흔적을 남겼을 겁니다."

천익에서도 사전에 계획되었던 것이라면 긴 정황 속에서 정보가 빠져나가거나 추적당한 흔적을 찾기가 어려웠다. 그러나 이번에는 급작스럽게 결정되어 움직였다.

상대측도 마찬가지일 테니 자신들처럼 준비가 부족할 수 있었다.

홍주원은 그 틈을 노려보려고 했다.

"최대한 빨리 알아보도록."

"알겠습니다. 어르신."

김정구는 화면 속에서 여전히 미간을 찌푸린 상태로 연락을 마쳤다.

대일신문 송해국이 검거된 이후, 조작된 사건들을 재수사하면서 검경합동수사본부도 외부로 공개되었다. 당연히 사람들에게는 커다란 여파를 끼칠 수밖에 없었다.

검찰과 경찰, 언론사까지 연관되어 수많은 사건들을 조작해 왔으니 당연한 결과였다. 때문에 검경합동수사본부의 수장인 유태진도 골치가 아팠지만 증거들을 되짚어 하나하나 해결해 나갔다.

"후우… 이거 사건들이 좀 정리되어 가니 숨통도 트이는군."

"고생이 많으십니다. 따뜻하게 한잔하시죠."

"고맙습니다."

김정훈 사무관이 뜨거운 커피를 내밀었다. 그러자 유태진은 미소를 지어 보이며 조금씩 마셨다.

"위에서 난리가 심하던데… 괜찮으십니까?"

"어쩔 수 있나요. 잘못 해결된 사건은 바로 잡아야 하는 것이 당연하니까요."

검경합동수사본부는 오랜 원죄사건들을 재수사 중인 탓에 검찰청과 경찰청에서 자잘한 압박이 들어왔다. 물론 중앙수뇌부가 설득된 상태라 큰 문제는 없었지만 외부와 연결된 라인을 통한 간섭이 있었다.

그것은 어떻게 해도 어쩌지 못하는 부분이었기에 유태진도 무시하고 지냈다.

똑똑!

둘이 대화를 나누는 사이 그들과 같은 합동수사본부 검사인 구석철이 안으로 들어섰다.

"무슨 일인가?"

"월드세이프 펀드를 조사하다가 최근 이상한 쪽으로 자금이 들어간 것이 포착되었습니다."

유태진의 물음에 구석철은 손에 들고 있던 자료를 앞으로 내밀면서 말했다.

"이상한 쪽?"

자료에는 월드세이프 펀드에서 SW중공업을 비롯하여 최근에 화재로 없어진 GHE상회로 들어간 자금 정황이 기록되어 있었다.

"흠… GHE상회는 현재 새로 임명된 이정식이란 대표가 운영하는 중이었지?"

"맞습니다. 그런데 공식적인 투자가 아니라 페이퍼컴퍼니를 통해 자금을 흘려보내고 있습니다. 지금 상황만 봐도 깨끗한 돈은 아닐 것이라 생각됩니다."

"출신을 보니… 천익의 임원직을 사임하고 옮긴 것이로
군."

월드세이프 펀드는 대외적으로 보이는 모습 외에도 수많
은 정재계 인사들의 자금을 관리해준다는 정황으로 수사
중이었다. 물론 그러한 과정은 천익과 미더스 물산도 마찬
가지였다.

검찰에서는 아직 천근초위라는 조직을 모르기에 불법적
인 정황만 종합적으로 포착하여 수사하는 것이다.

우우웅! 우우웅!

그때 유태진의 핸드폰이 울렸다.

액정에는 지방으로 특별 임무를 보냈던 검찰수사관 김규
진의 이름이 떠올라 있었다.

"전화 바꿨습니다."

—유 검사님. 대동노인요양원을 조사 중인데… 차준혁
대표가 말했던 것이 사실인 듯싶습니다.

김규진은 동료 수사관들과 함께 차준혁이 유태진에게 알
려주었던 흑색바다라는 책으로 대동노인요양원을 조사
중이었다. 솔직히 책만으로는 범죄 사실을 입증하기가 힘
들기 때문에 증거를 확보하기 위해서였다.

"정말인가?"

—덕산항 쪽과 바깥쪽 숲에서 지하로 들어가는 통로도

발견했습니다. 시간을 두고 감시해보니 지하통로를 이용하는 인물들도 확인할 수 있었습니다.

오래 기다렸던 만큼 수확이 있었다는 사실에 유태진도 미소가 지어질 수밖에 없었다.

"진짜였어!"

—일단 본부로 들락거린 이들의 차량과 인물 사진을 보내겠습니다. 바로 확인해보시기 바랍니다.

"알겠네!"

통화를 마친 유태진은 메일이 도착하길 기다렸다.

이내 컴퓨터 화면으로 김규진이 보낸 메일 도착 알림 음이 울리자 곧장 찾아 열어봤다.

통화했던 대로 지하비밀 통로가 열린 모습, 그곳을 들락거리는 차량과 사람들의 모습이 있었다.

"김정훈 사무관께서는 차량 조회부터 부탁드립니다."

"알겠습니다."

어차피 인물들의 본명을 알지 못하는 이상 신원을 조회하기가 어려웠다. 그러니 차량부터 확인하여 차근차근 순서를 밟아 나가야 했다.

다행히 차량 조회는 오래 걸리지 않았다.

금방 나온 결과를 챙긴 김정훈은 곧바로 유태진의 사무실로 들어가 내밀었다.

"이승헌, 김정태라… 표면적으로는 천익에서 퇴사한 경

호원들이로군요."

"맞습니다. 그리고 차량에 동승한 인물들도 그쪽으로 돌려보니 모조리 천익을 퇴사한 경호원들로 나왔습니다. 이들이 여기를 들락거린다면 뭔가 있다는 의미가 확실합니다."

합동수사본부에서는 인천세관에서부터 경기도 외곽 폐공장을 경유하여 덕산항까지 흘러들어간 차량들에 대해서도 조사를 마쳤다.

컨테이너 차량 13대와 더불어 5톤 트럭 수십 대가 움직였으니 시기만 알면 조금만 조사해봐도 이상하게 여겨질 광경이었다.

"지하통로의 종착역이 대동노인요양원이 확실하다면 여기에다가 무언가를 숨겼단 것이 확실하겠습니다."

"하지만 조사할 방도가 없습니다. 현재 소유주는 외국인으로 되어 있으니 말입니다."

비밀통로와 수상하다는 정황만 발견되었을 뿐이었다. 그것만으로는 대동노인요양원을 급습하여 조사할 명분이 부족했다.

"현 등기 소유주에 대한 조사는 아직입니까?"

"찾고는 있지만 외국인이다보니 쉽지가 않습니다. 현재 국외 소재지도 불분명하고 말입니다."

등기가 옮겨진 시기는 검찰에서 SW중공업 김송주의 재산을 동결하기 직전이었다.

한발 늦어버린 탓에 손을 쓰기가 어려워졌다.

"도대체 뭘 숨겨둔 것인지……."

김송주는 월드세이프 펀드와 관련이 있었다.

그런 곳에 천익의 퇴사한 경호원들이 들락거린다면 두 기업 간에 관계는 분명했다. 당연히 거대 기업이 연관된 만큼 대동노인요양원에 숨겨둔 것도 작지 않을 것이다.

"쉽게 생각한다면 비자금이 아닐까요?"

"비자금이 컨테이너 13대 분량이나 된다는 말씀입니까? 그렇다면 수천억은 되겠군요. 허나 그만한 자금을 현금으로 숨겨 놨다면 어디에든 흔적이 남아 있지 않겠습니까."

"현금만이 아닐 수도 있죠."

갑자기 사무실 입구에서 차준혁의 목소리가 들리자 유태진과 김정훈의 고개가 돌아갔다.

"언제 오셨습니까?"

"방금 전에 왔습니다."

차준혁의 옆에는 신지연도 같이 서 있었다.

그녀는 반갑다는 듯이 고개를 숙여 보이며 차준혁과 함께 안으로 들어섰다.

"그런데 아까 하신 말씀은……?"

"합동수사본부의 수사 아이템을 제가 넘겨드리지 않았습니까. 그래서 나름대로 조사해보니 천익과 월드세이프 펀드의 영향을 받는 중소기업들이 장기적으로 금괴를 매

집하고 있었더군요."

그 대답과 함께 두 사람의 표정이 굳어졌다.

정황만으로 비자금이라 추측하고 있다가 더욱 중요한 사실을 알게 되었기 때문이다.

"그럼 인천세관에서 대동노인요양원으로 옮겨진 것이 금괴라는 말씀입니까? 허나 중소기업들이 금괴를 사는 일을 그것과 연관 짓기는 좀 무리가 아닐까요?"

금괴는 돈만 있다면 일반인들도 구입이 가능했다. 굳이 기업을 이용하여 오랫동안 모아 올 필요는 없었다.

"금괴를 매입했던 기업들 대부분은 최근 주식사태에서 무너진 75개의 중소기업들입니다. 그동안 매입한 금괴의 금액만 보면 부도를 막고도 남을 듯싶은데… 왜 그러지 않았을까요?"

차준혁은 미리 준비해 온 기업들의 금괴 매입 현황자료를 유태지에게 넘겨주었다. 자료는 그의 손으로 한 장씩 넘어가면서 경악성을 터뜨리게 만들었다.

"엄청난 금액이로군요."

"당시 시세를 생각한다면 지금은 그보다 더 뛰어올랐겠죠. 그런데도 망한 중소기업의 대표들은 현재 생활고를 겪는 중입니다. 금괴 소유재산에 대한 세금은 부도나기 전에 잘도 냈으면서 말이죠. 물론 그 때문에 지금도 금감원에서 조사 중입니다."

주식폭락과 부실채권으로 망하게 된 중소기업들은 그 때문에 파산신청조차 하지 못했다. 실질적으로 재산 목록에 포함된 금괴가 있었으니 말이다.

물론 개인적으로 처리했다면 증빙서류가 존재하기 힘들 수도 있었다. 그러나 거짓된 정보로 주식이 조작된 정황까지 포착되어 쉽지가 않았다.

"그럼 천익에서 기업들에게 금괴를 받아 쟁여두고 있다는 말이로군요. 하지만 어떻게……."

천익과 75개의 기업은 표면적으로 아무런 관계도 없는 것처럼 보였다. 대체 어떤 이유로 그런 거래가 이뤄진 것인지 유태진은 짐작하지 못했다.

"예전에 말씀드렸던 백송이란 인물이 그 기업들과 연관되어 있습니다. 경찰청 수사 1팀을 통해 조사해보니 해당 기업 외에 50개의 기업들까지 하여 출처를 알 수 없는 자금으로 출자되었더군요."

또 다른 자료가 앞으로 내밀어졌다.

계속해서 알 수가 없던 증거들이 나오자 유태진의 눈이 휘둥그레질 수밖에 없었다.

"허어… 어떻게 이런……."

"백송이라 불리던 김제성이란 인물은 나도명과 더불어 100개도 넘는 기업들의 출자를 도와주며 뒷돈을 받아온 것이죠."

차준혁의 설명이 이어지자 유태진의 옆에서 같이 자료를 보던 김정훈도 경악한 표정으로 그를 쳐다봤다.

지금의 설명대로라면 천익이란 기업은 검찰에서 추측한 것보다 엄청난 비자금을 축적했을 것이기 때문이다.

"그럼 대동노인요양원에 그 비자금이……."

"조사를 보내 놓으셨던 수사관에게 연락은 왔습니까?"

"방금 전에 왔습니다. 천익에서 퇴사한 것으로 나온 인물들이 비밀통로를 들락거리는 중이더군요."

차준혁은 자신의 입 주변을 쓸어내리며 순간 지어졌던 미소부터 지웠다.

'예상대로 되어 가고 있군.'

지금의 진행대로 간다면 검찰에서 직접 대동노인요양원을 노릴 수 있었다. 그러던 중 유태진은 아까 전 걸렸던 부분을 이야기했다.

"허나… 직접적인 증거자료가 있다고 해도 대동노인요양원 건물과 부지 소유주 때문에 문제입니다."

물론 차준혁도 예상했던 부분이었다.

검찰에서 조사가 쉽게 이뤄지지 못하도록 월드세이프 펀드의 문진원 회장이 황급히 손을 썼으니 말이다.

"트럭이 대동노인요양원으로 들어간 것으로 추정된 일자는 등기가 넘어가기 이전에 벌어진 일이니 상관없지 않습니까? 지금의 증거만으로 SW중공업의 비자금 사건에

대한 수색영장으로 받아내는 데 문제 없지 않나요?"

"정리된 사건을 다시 꺼내서 내밀란 말씀이시군요."

SW중공업 사건은 김송주를 비롯한 관계자들은 기업운영에 관한 법률로 재판을 받아 평균 10년의 실형을 선고받았다. 국민들의 목숨을 담보로 위험물질을 양산하여 자재로 썼으니 당연한 결과였다.

"맞습니다. 물론 정리된 사건을 다시 들먹이는 것도 문제가 되겠지만요."

"흠… 어차피 김송주의 죄목은 다른 죄목이니 일사부재리도 통하지 않긴 할 겁니다."

위험물질을 자재로 사용한 것과 공금횡령 및 비자금은 엄연히 다른 죄목이었다. 게다가 SW중공업 사업에 월드세이프 펀드도 관계되어 있으니 잘만 엮으면 나쁘지 않은 그림이 될 수도 있었다.

"그럼 시도해보는 것도 좋겠군요."

"한 번 해보도록 하죠."

결심을 굳힌 유태진은 김정훈과 같이 검사와 사무관, 수사관들을 집합시켰다. 그리고 제일 문제가 되는 부분을 도려내기 위한 계획을 세워 나갔다.

한편, KBC보도국 기자 이태용은 정체불명의 사내들에게 목숨을 구제받고 다시 우지훈의 사건을 캐보았다.

물론 국정원을 사칭한 사내들의 정체는 검찰조사를 받으며 드러났다. 다들 전직 경호원으로 블루세이프티란 회사에서 근무했다는 것으로 말이다.

"블루세이프티… 그러고 보니!"

자신의 책상에 앉아 고민하던 이태용은 그 이름을 되새기다가 무언가 떠올랐다.

예전에 터진 고창수 살인사건을 조사하던 중 진범으로 드러난 경비대원의 출신이 생각났기 때문이다.

"맞아! 그 사람들도 블루세이프티 출신이었어! 도대체 여기는 뭐 하는 곳이지?"

오래전에 부도나서 사라진 회사였기에 남은 흔적을 찾기는 어려웠다.

그러나 이번에 납치한 이들이나 다른 사건의 진범이 동일한 출신이었으니 이상하게 생각할 수밖에 없었다.

"다시 확인해봐야겠어."

이태용은 책상에 놓인 짐을 챙겨 일어났다.

창가 쪽에 앉아 있던 보도국 캡인 황재운이 소리를 질렀다.

"야! 너 어디 가게?! 내가 한걸음 복지재단 유학 프로젝트 정리하라고 했잖아!"

"잠시만요! 확인할 것이 있어요!"

"이태용! 야, 이 자식아!"

그가 잡을 새도 없이 이태용은 곧장 사무실을 나서서 블루세이프티 경호업체 본사가 있던 곳을 찾았다.

운영된 기록을 보면 몇 년간 나쁘지 않은 성장을 보이던 곳이었다.

하지만 돌연 부도가 나면서 기업에 대한 흔적들이 모두 사라져버렸다. 기존 근무자들은 다른 경호업체로 이직했다는 것만 알아낼 수 있었다. 게다가 기업이 있던 건물에는 이미 다른 회사가 자리 잡고 있어서 어떤 것도 찾아내기 힘들었다.

"흠… 여기서는 더 이상 알아낼 것도 없나?"

이미 망하고 없어진 회사에서 무엇을 더 찾을 수 있을까. 낙담하던 이태용은 관련된 사건들을 되짚어보기 위해 다른 장소로 이동했다.

이번에 찾은 곳은 인천세관이었다.

그러나 살인사건의 진범이 경비대에서 나온 탓에 다들 기자들에게 호의적이지 않았다. 이태용의 소개를 받자마자 인상을 찌푸리며 손을 내저었다.

"하긴. 살인범이 안에서 나왔으니… 후우……."

이태용은 블루세이프티에 대해 조사하고 싶을 뿐이었다. 그럼에도 사람들은 알든 모르든 모르쇠로 일관했다.

자신의 차에 기대 있던 이태용은 머리를 박박 긁으면서

어떻게 조사할지를 고민했다.

"잠깐… 검경합동수사본부라면 블루세이프티라는 기업에 대해서 조사하지 않았을까? 아니지? 애초에 사건이 다르니 공유하지 않는 이상 그 흔적을 발견하기는 어려울 거야."

검사들이 사건을 수사할 때는 독립적으로 처리했다.

당연히 수사정황에서 연관이 있다고 해도 처음부터 공유하지 않는 이상에야 알기가 힘들었다.

"저기… KBC보도국 이태용 기자님 맞으시죠?"

그때 고민하던 이태용에게 한 사내가 말을 걸어왔다.

20대 중반에 평범하게 생긴 사내였다.

"누구시죠?"

"저는 네이처펀치라는 인터넷 신문기자 정민수라고 합니다."

사내가 명함을 내밀자 이태용은 고개를 갸웃거리며 받아들었다.

"네이처펀치? 처음 듣는 곳인데… 저한테는 무슨 볼일이시죠?"

"인터넷 신문사가 워낙 많으니 그럴 만도 하시죠. 거기다 신생이거든요. 하하하."

"뭐… 그렇긴 하겠는데 무슨 일이시냐고요?"

답답한 마음에 이태용의 목소리가 날카로워졌다.

그러자 정민수는 미소를 지으며 입을 열었다.

"다름이 아니라, 혹시 인천세관에서 벌어진 사건을 조사 중이시면 소스 좀 얻을 수 있을까 해서요."

"뭐요?"

소스(Source)란 기자들에게 아이템과 비슷한 의미로 더욱 상세한 정보를 뜻했다. 당연히 같은 언론사 동료에게도 쉽게 풀지 않았다. 때문에 이태용은 더욱 날카로워져서 정민수를 노려보았다.

"당신. 미친 거 아니야?"

"…예?"

"기레기 중에 상 기레기구만."

"아니, 제가 기자를 시작한 지 얼마 되지 않아서……."

블루세이프티에 대한 조사도 제대로 되지 않아 짜증이 솟구쳤는데, 핑계 같지도 않은 핑계를 듣자 더욱 화가 났다. 그래서 정민수의 멱살부터 부여잡으며 버럭 소리를 질렀다.

"이 미친 새끼가! 그따위로 할 거면 당장 기자부터 때려치워! 어디서 소스를 날로 먹으려고 해!"

"컥! 아, 아니… 그게 아니라! 공유요! 공유!"

"뭐? 네까짓 녀석이 공유할 소스가 있긴 해?!"

이태용은 정민수의 멱살을 잡은 채로 흔들어댔다.

"블루세이프티! 이태용 기자님을 납치했던 녀석들이 거기 출신이었죠!"

"그거라면 누구나 다 아는 사실이잖아!"

사건에 조금만 관심이 있다면 어렵지 않았다. 게다가 기자는 그런 정보까지 기본적으로 알아내야 했다.

너무 뻔한 대답 탓에 멱살을 쥔 이태용의 휘둘림이 더욱 거세졌다.

"아니! 그게 아니라! 켁… 블루세이프티는 모체 기업이 따로 있어요!"

"…뭐?"

그 순간 이태용은 흔들어대던 것을 멈출 수밖에 없었다.

"이것부터 좀 놔줘요! 그럼 말씀드릴게요."

"후우… 구라 치면 죽는다."

정민수는 멱살이 풀어지자 목을 어루만지면서 말했다.

"인천세관에서 일하던 DS시큐리티 직원 중 절반이 블루세이프티 출신이었어요. 하지만 실제로 소속된 조직은 따로 있었어요."

"거기가 어딘데?"

"유명 정경제계 인물들을 위주로 경호하는 파견 기업… 천익."

그 순간 이태용의 미간이 찌푸려졌다.

너무도 황당한 대답이 나왔기 때문이다.

"뭐…? 넌 그게 말이나 된다고 생각하냐? 거기서 뭐가 아쉬워서 이런 일을 저질러?"

"저야 모르죠. 하지만 검경합동수사본부에서 그렇게 추

측하고서 수사하고 있다 하잖아요."

검경합동수사본부가 대외적으로 공개되었지만 수사 상황은 여전히 기밀에 붙여져 있었다. 그런 정보라는 말에 이태용은 더욱 놀랄 수밖에 없었다.

"…넌 그걸 어떻게 알아낸 건데? 확실한 출처야?"

"누구 출셋길 막을 일 있어요? 출처는 당연히 말 못 하죠. 정보력은 기자의 생명이잖아요."

"허어. 말은 잘하네. 하지만 출처도 안 밝히는 걸 어떻게 믿으라고?"

어떤 정보든 출처가 신뢰의 기반이 되었다.

직접 연관된 관계자가 말하는 것이 아니라면 누구도 믿을 수 없기 때문이다.

"블루세이프티 출신 경호원들이 천익 본사 건물에 출입하고 있다면요? 거기다 블루세이프티는 얼마 전에 벌어진 GHE상회 폭파 사건과도 관련이 있어요. 거기 보안회사 직원들도 그곳 출신이거든요."

자세한 설명이 이어지자 찌푸려졌던 이태용의 미간이 펴지더니 딱딱하게 굳어 갔다.

"그게 정말이야?"

"믿든 말든 이태용 기자님의 선택이죠. 그래서 말인데… 저도 소스는 풀었으니 기자님도 좀 푸시죠."

"뭘……?"

"비밀아지트 말입니다. 거기서 누군가에게 도움을 받으셨다고 들었는데요. 정말 아무것도 못 본 겁니까?"

그 물음과 함께 이태용은 당시의 일이 떠올랐다.

스턴 건에 맞아 기절했다가 눈을 뜬 뒤 다시 정신을 잃어버렸다. 눈으로 본 것이라고는 자신을 향해 다가왔던 검은 인영(人影)뿐이었다.

"아무것도 못 봤다."

캄캄한 어둠 속에서 움직이던 두 사람과 그들을 쓰러뜨린 이들의 그림자만 보았다. 이태용도 그 당시의 일을 경찰들에게 증언했지만 그것뿐이었다.

"…정말인가요?"

정민수는 의심 가득한 눈으로 녹음기를 들이밀며 다시 물었다. 어떻게든 그때의 일을 확인하려는 것 같았다.

"정말이라고! 근데 너는 뭘 취재하려는 거야? 그 사건이면 이미 언론사들이 다 보도한 상태잖아."

KBC에서 독점으로 보도한 뒤로 다른 언론사들이 꼬리를 물며 방송해댔다. 물론 납치 당사자가 KBC보도국에 있으니 제일 높은 시청률을 기록할 수 있었다.

"블루세이프티의 모체인 천익에서 꾸미는 검은 계획에 대해서죠. 아차! 이건 비밀인데!"

푼수기가 있는지 정민수는 실수로 자신의 취재 아이템을 그대로 말해버렸다.

"천익에서 음모? 고작 경호원 파견 기업에서 뭘 하는데? 애초에 검경합동수사본부에서 거길 뒤진다는 것도 말이 안 되는데."

여전히 믿지 못하던 이태용은 혀를 찼다.

그의 말도 틀린 것은 아니었다.

대외적으로 사람들이 봤을 때 천익에서 꾸밀 만한 음모가 전혀 없었기 때문이다.

"누구나 믿던 진실이 거짓이라면 어쩌시게요?"

"너는 뭘 믿고서 그렇게 나대려는 건데?"

"딱히 믿는 건 없어요. 그저 모순이 반복되면 우연이긴 불가능하니까요."

정민수는 대답과 함께 다시 웃어 보였다.

이태용은 징그럽다는 듯이 인상을 썼다.

"증거는 있는 거야? 아무리 소규모 인터넷 신문사라도 멀쩡한 기업 들쑤셨다간 큰일 나는 수가 있다."

"그럼 이태용 기자님도 확인해보세요. 아, 그리고 이건 특별히 알려드리는 소스인데요! 흑색바다라는 책을 한 번 읽어보세요. 이번에 합동수사본부에서 그걸로 독후감을 쓴단 말도 있다고 하네요."

"…그게 무슨 개소리야?"

그 말을 끝으로 정민수는 한쪽에 세워둔 자신의 오토바이에 올라탔다.

"아, 저희 네이처펀치는 아직 오픈을 안 해서 검색해도 안 나올 거예요! 궁금한 게 있으면 언제든 연락주세요!"

부아아앙—

이내 정민수의 오토바이는 세관 주차장을 나섰다.

혼자 남게 된 이태용은 허탈한 표정으로 서 있었다.

"진짜 정신없는 녀석이네… 합동수사본부에서 뭘 써? 독후감?"

그는 한숨과 함께 담배를 하나 핀 뒤 차에 타려고 했다. 그런데 그때 바닥에 떨어져 있는 검정색 USB를 발견했다.

"그 녀석이 떨어뜨리고 간 건가? 정말 칠칠맞은 녀석이네."

USB를 챙긴 이태용은 차에 올라탔다. 그리고 혹시나 싶어 핸드폰으로 흑색바다라는 책을 검색했다.

[흑색바다 2006년 출간, 작가 유진명]
[절판 상태, 재고 보유 서점은 없음]

검색 결과를 본 이태용은 고개를 갸웃거렸다.

출간한 지 오래된 책도 아닌데 재고를 보유한 서점이 없었기 때문이다.

"…왜 없는 거지? 무슨 문제라도 있었나?"

언론인들은 대부분 문과 출신이었다. 그렇다보니 책에

114

대해서도 웬만큼 잘 알았다. 그러다가 인터넷 블로그에서 책에 대한 리뷰를 하나 찾아냈다.

"흠… 일제강점기 강원도 삼척 덕산항 인근에서 벌어졌던 실화를 바탕으로 쓴 책이군. 근데 이런 책에 합동수사본부에서 왜 관심을 가진단 말이야?"

도무지 이해를 못 하던 이태용은 블로그에 적힌 책의 설명을 쭉 읽어보았다. 책의 전문이 쓰여 있던 것은 아니었지만 내용을 웬만큼 이해할 수는 있었다.

"이게 정말 실화라는 건가? 그런데 이 정도면 교과서에 실려야 하는 거 아니야?"

블로그에 적혀 있는 내용은 이태용이 상상했던 것보다 심각했다. 일제강점기에 덕산항 인근에 지어진 건물에서 조선인을 대상으로 한 불법 임상실험이 오랫동안 자행되었다고 나왔기 때문이다.

그것은 2차 세계대전 당시 일본이 하얼빈에 주둔시켰던 731부대가 시행했던 세균실험과 거의 맞먹었다.

당연히 이태용으로서는 기가 막힐 수밖에 없었다.

"그런데 왜 나온 지 얼마 되지 않아서 절판된 거야?"

궁금증이 커진 이태용은 흑색바다를 출간한 출판사로 전화를 걸어봤다. 그러나 출판사가 사라진 탓에 엉뚱한 회사에서 전화를 받았다.

"출판사가 망해서 절판된 건가? 그래도 시중에 나온 책이 하나도 없다는 게 이상한데… 중고 시장에 나온 것도 없나?"

책의 내용이 궁금해진 탓일까. 이태용은 핸드폰으로 중고 시장을 뒤져서 몇 권을 찾아냈다.

워낙 저렴하게 나왔기에 부담 없이 구매를 신청했다.

"덕산항이라… 설마 그 건물이 아직도 남아 있나?"

이태용은 리뷰에 건물의 위치가 묘사돼 있던 것을 기억하고 핸드폰의 지도 프로그램으로 찾아보았다.

산으로 둘러싸인 지형에 시내와 동떨어진 곳에 지어진 것이기에 지도로 찾아낼 수 있었다.

"대동노인요양원?"

조그만 호기심에서 출발한 궁금증은 조금씩 커지다가 급히 멈춰 섰다.

"내가 아직 개간도 안 한 언론사 녀석의 말만 듣고 뭘 하는 건지… 그보다 천익이란 회사가 블루세이프티의 모체? 음모? 하하하……."

어이없음에 웃어대던 이태용은 캡인 황재운의 지시대로 한걸음 복지재단 유학 프로그램을 다시 조사하기 위해 차의 시동을 걸었다.

며칠이 지났다.

이태용은 다시 일상으로 완전히 돌아와 KBC보도국 기자로서 열심히 활동 중이었다. 그러다가 사무실로 배송된 중고 서적을 보며 정민수를 떠올렸다.

"…흑색바다? 아, 그 녀석!"

정신없이 취재만 하러 다니다보니 잊어버릴 수밖에 없었다.

"그러고 보니 녀석이 USB를 떨어뜨리고 갔는데… 찾으러 오라고 연락도 안 했네."

정민수는 이태용의 연락처를 몰랐다. 대신 명함을 건네받았기에 언제든 연락해줄 수 있었다.

"어디다가 뒀더라…….."

주머니와 책상을 이리저리 뒤지다가 연필꽂이 안에 넣어두었던 정민수의 검정색 USB를 찾아냈다.

"흠… 설마 빈 USB인가? 중요한 거였으면 어떻게든 보도국으로 찾아왔을 텐데."

연락처를 모른다고 해도 정민수는 이태용이 KBC보도국 기자라는 사실을 알고 있었다. 정말 중요한 물건이었다면 언제든 찾아왔어도 무방했다.

"중요한 아이템이 들어 있다면 직접 찾아가서 전해주지 뭐. 그래봤자 엉뚱한 아이템이겠지만."

이태용은 정민수가 말했던 블루세이프티의 모체가 천익이라고 했던 말을 떠올렸다. 게다가 블루세이프티에 대한 조사는 그 이후로 진척이 없어서 포기했다.

USB를 노트북에 꽂자 폴더가 떠올랐다. 이태용의 예상대로 얼토당토 않는 제목들이 하나하나 나열되어 있었다.

"허어… 이게 뭐야?!"

[태백에 숨겨져 있는 비밀 마을]

[지구당교 사람들의 숨겨진 비밀]

[흑색바다 앞에 숨겨진 비밀 요양원]

[세상 속으로 숨어든 친일파 기업]

[블루세이프티의 숨겨진 모체는 천익!]

마지막 폴더가 정민수가 말했던 아이템이었다.

그 외에도 황당한 제목 탓에 이태용의 입에서 헛웃음이 흘러나왔다.

"하하… 이거 정말 미친놈이네? 무슨 야동 폴더도 아니고, 숨겨진 시리즈야?"

중요한 자료가 아닐까 걱정하던 이태용은 아까보다 허탈해진 표정으로 첫 번째 폴더를 클릭했다.

그러자 몇 개의 동영상, 사진 파일과 문서들이 저장된 것을 볼 수 있었다.

"무슨 비밀의 방도 아니고……."

이태용은 별거 없다고 생각하며 동영상 파일을 하나 클

릭해봤다.

한적한 시골 동네의 모습이 화면에 나왔다.

—저는 얼마 전 우연찮게 태백에 왔다가 산속으로 들어가는 GHE상회 트럭을 보고 단순한 호기심에 조사를 나왔습니다.

정민수의 목소리가 흘러나왔다.

그런데 GHE상회라는 말에 이태용의 표정이 살짝 심각해졌다.

"GHE상회라는 말이 왜 여기서 나와?"

그사이 화면이 진행되더니 철조망으로 막힌 산길이 찍혔다. 잠시 후, 태백이란 것을 알려주려는지 도로 표지판이 비춰졌다.

"에이… 저 안에 뭐가 있긴 하겠어?"

재생이 계속되며 카메라는 그대로 산으로 들어갔다.

한 번의 끊어짐도 없이 이어지더니 30분 정도 지나자 숲속에서 건물들이 나타났다.

"……."

조작된 것이라고 보기에는 영상 자체가 너무 어설펐다.

게다가 중간에 이상한 노이즈나 흐름이 없던 것을 봐서는 절대로 이어붙인 것이 아니었다.

건물은 텅 빈 것처럼 아무도 보이지 않았다. 그러나 지어진 형식을 봐서는 그렇게 오래된 것은 아니었다.

"정말로 태백에 저런 마을이 있단 거야?"

도무지 믿기지가 않아 이태용은 사진 파일들을 열어봤다. 그런데 방금 전 화면에서 본 산길 입구로 들어가는 GHE상회 트럭의 모습이 찍혀 있었다.

"대체 뭐야 이거⋯⋯."

황당함이 이어지자 이태용은 지구당교와 관계된 폴더로 들어가봤다. 거기에도 동영상, 사진 파일이 들어 있었다.

동영상에는 공장단지 안에 쪼그리고 앉아 있는 아이들의 모습이 담겨 있었다. 이태용은 지구당교 사건을 취재한 적이 있었기에 몇몇의 아이들을 찾아낼 수 있었다.

"무슨 말도 안 되는⋯⋯!"

뒤에 찍힌 동영상에는 아이들을 둔 공장단지 바깥으로 권총으로 무장한 사내들이 어슬렁거리며 순찰 도는 모습이 찍혀 있었다.

경찰에서 지구당교를 급습했을 때 총기 소지는 전혀 없었다. 그렇다면 아이들을 데리고 있던 이들은 지구당교와 다를 수도 있다는 의미였다.

너무도 당혹스러운 동영상인 터라 마우스를 쥔 손까지 부들부들 떨렸다.

"그 녀석 명함을 어디다가 뒀지?"

직접 물어봐야겠다고 여긴 이태용은 수첩에 꽂아둔 정민수의 명함을 찾아냈다.

곧바로 핸드폰 번호를 누르려 했지만 전화로 자신이 본 것을 물어보면 제대로 대답해줄지가 의문이었다.

"주소가 어디지?"

[인천광역시 중구 인현동 XX—XX 네이처펀치]

이태용은 USB를 챙긴 뒤에 자신의 차에 올랐다.

서울에서 인천까지였기에 1시간이 조금 넘어 도착했다.

인터넷 신문사 네이처펀치는 동인천역 앞 오래된 빌딩 3층에 위치해 있었다. 주변에 차를 세운 이태용은 그곳의 간판을 확인하고 계단으로 성큼성큼 걸어 올라갔다.

내부는 외부와 달리 꽤 깔끔했다.

"무슨 일로 오셨나요?"

안에 있던 여직원이 물었다.

"여기 정민수라는 기자가 있습니까?"

"정 기자요?"

사무실 안에는 5~6명 정도의 직원들이 있었다. 직원들은 갑작스런 방문객에게 시선을 주었다가 자신들을 찾아온 것이 아니란 것을 알고 다시 업무에 집중했다.

"지금 취재 때문에 외근을 나가 있는데요. 무슨 일로 찾아오셨죠?"

"그런가요? 언제쯤 들어오는지 알 수 있나요?"

"금방 돌아온다고 했으니 오래 걸리지는 않을 거예요."

초조해진 이태용은 시계를 보았다.

그때 사무실 문이 열리더니 쾌활한 표정의 정민수가 들어섰다.

"유후! 제가 돌아왔습니다!"

"정 기자! 손님 왔어요!"

"예? 아! KBC보도국 이태용 기자님이 아니십니까!"

완전히 잊고 있었던 그와 다르게 정민수는 정확하게 기억하고 반겨주었다.

"오랜만이네."

"그런데 여긴 웬일이십니까? 제가 전에 말씀드렸던 소스에 관심이 좀 생기셨나요?"

너무도 밝은 모습에 이태용의 미간이 찌푸려졌다.

동시에 정민수의 팔뚝을 잡아채고 복도로 끌고 나갔다.

"왜, 왜 이러십니까?"

깜짝 놀라던 정민수는 복도 벽으로 밀쳐졌다.

이태용은 주머니에서 USB를 꺼내 보이면서 말했다.

"너! 이 안에 들어 있는 내용! 진짜야?"

"아, 내 USB! 잃어버린 줄 알았는데… 이 기자님이 가지고 있었습니까?"

"빨리 말해! 여기 있는 내용들 뭐야!"

"설마… 전부 보셨습니까?"

정민수의 목소리가 조심스러워지자 이태용은 얼굴을 더욱 찌푸렸다.

"얼마나 얼토당토않은 아이템이 들어 있나 봤다. 그런데 뭐야! 태백의 비밀 마을? 지구당교 사람들의 비밀?"

"헤헤헤. 조사하느라 애 좀 먹었죠. 비밀 마을은 숲을 30분이나 걷느라 힘들어 죽는 줄 알았으니까요."

자랑스러워하는 그의 표정이 이태용의 화를 더욱 치솟게 만들었다.

"진지하게 묻는 거다. 이거 진짜야?"

"그럼 진짜지, 가짜겠습니까?"

태백의 비밀 마을은 용도를 몰랐지만 GHE상회 트럭이 들락거렸다면 분명 관계되었다고 볼 수 있었다. 그러나 추측만으로는 어떤 목적을 가지고 있는지 알기 어려웠다.

이태용은 그 점이 궁금해서 직접 정민수를 찾아온 것이다.

"GHE상회랑 그 비밀 마을이 무슨 관계인데?"

"그건 제 아이템인데 왜 이태용 기자님한테 알려줘야 합니까? 그리고 제 추측은 저번에 말도 안 된다고 하지 않으셨습니까."

"으으으윽!"

USB의 내용을 보기 전까지만 해도 이태용은 그의 말처럼 말도 안 되는 아이템이라고 생각했다. 게다가 같은 기자로서 아이템을 함부로 캐내는 것은 큰 실례였다.

그 탓에 이태용은 이를 억세게 깨물며 더 이상 말을 이어
가지 못했다.

　"뭐, 말씀은 드릴게요. 또 말도 안 된다고 생각하실지 모
르지만 말입니다."

　"빨리 말해봐!"

　"사실 태백 비밀 마을은 정말 우연히 발견한 겁니다. 그
러다 GHE상회와 관계된 것을 알고 따로 조사해봤죠."

　"그래서?"

　이태용이 대답을 재촉하자 정민수는 인심 썼다는 듯이
웃어 보이며 설명을 이어갔다.

　"마을의 위치는 등기부를 확인해보니 나도명이란 사람
의 소유더군요. 이후에 마을 사람들을 취재해보니 이전에
는 천익의 김제성이란 사람의 소유였던 것으로 나오고요.
김제성의 아들이 천익의 대표 임설의 남편 김정구입니다.
저는 GHE상회가 그 김정구와 관련 있다고 생각합니다."

　"그게 취재랑 무슨 상관인데? 불법도 아니잖아. GHE상
회가 관계된 것이 왜 문제냐고!"

　실질적으로 자신의 땅에 건물을 지은 것뿐이었다.

　이태용 또한 그 사실을 잘 알기에 문제되지 않는다고 생
각했다. 그저 갑작스럽게 폭파된 GHE상회의 사건에 대해
묻는 것이다.

　"GHE상회가 태백에서 납품하는 곳은 조그만 슈퍼 하나

로 조사되었습니다. 그런데 대략 수백 명이 쓸 식량과 생활용품을 싣고 산길로 들어갔던 것으로 추정되는데… 수상하지 않습니까? 물론 몇 달 전부터 납품은 중단되었지만요."

그 시기는 천익에서 사람들을 해외로 내보내기 위해 몰래 방출한 직후였다.

물론 다른 사람들이 그 사실을 알 리가 없었다.

"대체 언제부터 이런 걸 조사하고 다닌 거야?"

"6개월 정도 되었을 겁니다. 제가 쓸데없는 호기심이 많아서 말입니다. 하하하."

이태용은 긴 한숨을 내쉬며 시끄럽게 주절대는 정민수를 쳐다보았다.

"후우… 그럼 GHE상회에서 뭔가 있는 곳에 물건을 실어 날랐단 말이야? 불법인 것도 아니잖아."

수상한 정황은 있지만 이태용의 말처럼 범법행위가 있는 것도 아니었다.

정민수는 히죽거리면서 말을 이었다.

"저도 잘 알죠. 아무렴 죄도 없는데 조사하겠습니까. 그런데 말입니다. 만약에 지구당교의 교도로 알려진 사람들이 거기서 나온 것이라면요?"

"…응? 그건 또 무슨 개소리야?"

정민수는 시사프로그램을 진행하듯이 미소를 거둔 뒤 진

지해졌다.

그 순간 이태용은 그의 뒤통수를 후려갈겼다.

빡—

"이 자식이 돌았나. 지구당교 사건은 본교에서 그 사람들 신상정보가 죄다 나왔잖아. 그런데 뭐가 어디서 나와?"

"아오! 그렇다고 머리는 왜 때립니까?"

"제대로 설명 안 할래? 도대체 그 파일들로 무슨 시나리오를 쓰는 거야?"

뒤통수를 문지르던 정민수는 눈을 치켜뜨다가 깊은 한숨을 흘렸다.

"…이태용 기자님. 사실 이건 저희 편집장님한테도 말하지 않은 건데요. 천익이란 기업에서 커다란 음모를 꾸미는 중일 겁니다. GHE상회나 지구당교도들도 그 계획 중에 하나인 것이죠. 거기다 대동노인요양원이란 곳도 관련이 있습니다."

"그 흑색바다인가 하던 책에 나온 장소?"

애초에 이태용은 그 책이 중고 서점 사이트에서 도착하여 정민수의 파일을 보게 된 것이다. 미처 읽어보지는 못했지만 리뷰로 봤던 책의 내용을 기억하고 있었다.

"훗. 제가 얼마 전에 거길 가봤더니 정말 비밀통로가 있더라고요."

정민수가 품속에서 사진을 꺼냈다. 사진에는 숲 속 언덕

이 열리며 나오는 차량들의 사진이 찍혀 있었다.

"대체 이런 건 어떻게 알아내는 거야?"

"집념의 승리라고 해주시죠. 하하하. 아무튼 거기서 나온 차를 미행해보니 천익 본사 건물에 들어가더라 이 말입니다. 수상하지 않습니까? 제대로 구린 냄새가 풀풀 나죠?"

이태용은 사진을 한 장씩 넘기면서 자세히 살펴보았다.

정민수의 말대로 숲 속으로 숨겨진 비밀통로는 수상하게 여겨질 수밖에 없었다.

"너, 이걸 혼자 조사 중인 거야?"

"다들 믿지를 않아서요. 물론 관심도 없어 하고요."

정민수가 어깨를 으쓱거리자 이태용의 눈빛이 더욱 반짝였다.

"나랑 같이 파볼 생각은 없냐?"

"이태용 기자님이랑 말입니까? 아까는 미친 소리라고만 하시더니……."

"쓰읍!"

사건들이 아무런 연관도 없으면 모를까.

물론 이태용은 천익에 대한 생각이 크게 달라지지는 않았다. 그러나 흑색바다에 나온 장소는 관심이 생겼다.

비밀통로를 들락거리는 사람들이 무엇을 위해 움직이고 있는지 말이다. 게다가 지구당교도들과 GHE상회에 대해서도 궁금증이 일어 더욱 파보고 싶어졌다.

"아무튼. 생각 있어?"

"뭐… 그러죠. 사건화만 되면 KBC보도국에서 보도할 테니까 제 기사에도 힘이 좀 실리겠죠."

"의외로 계산은 하고 사네?"

살짝 감탄한 이태용은 고개를 끄덕이면서 챙겨 왔던 USB를 정민수에게 내밀었다.

"그건 복사해둔 파일 있습니다. 같이 취재하실 거면 이 기자님도 가지고 계셔야죠."

"뭐… 그럼."

이태용은 USB를 다시 품속으로 집어넣었다.

"앞으로 잘 부탁드립니다!"

우우웅! 우우웅!

그때 이태용의 핸드폰으로 황재운에게 전화가 왔다.

무단으로 자리를 비운 탓에 찾는 것이 분명했다.

"난 그만 들어가봐야겠다."

"조심해서 가십시오!"

정민수는 급히 돌아가는 이태용을 보며 미소를 지었다.

이내 그가 다시 사무실로 돌아가자 직원들의 이목이 집중되었다.

법보다는 입이 빠를 타이밍

"한걸음 복지재단 취재 준비를 중단하라고요?"

이태용은 정민수가 조사하던 것을 도와주면서 자신의 일에도 집중했다. 그런데 보도국 캡인 황재운의 갑작스러운 지시에 놀랄 수밖에 없었다.

"그래. 워낙 민감한 부분이라서 다른 언론사들도 국장급들이 만나 이번 일을 조용히 덮도록 결정했다나봐."

"하지만……!!"

이번 사건에는 그의 대학동기인 우지훈의 교통사고도 포함되어 있었다.

이태용은 그의 죽음에 무언가가 있다고 생각했다.

그래서 더 파보는 중이었지만 수상한 정황뿐, 나온 것이 없었다.

"적당히 해. 자네 친구의 죽음은 교통사고라 하지만… 거기서 뭘 찾으려는 건가?"

"지난번에도 말씀드리지 않았습니까! 지훈이의 죽음은 사고가 아닙니다!"

이태용은 친구의 사건을 캐려다가 자신도 죽임당할 뻔했었다. 그것도 당당하게 국정원을 사칭하던 인물들에게 말이다.

당연히 친구인 우지훈의 죽음이 사고가 아니라는 결론밖에 내려지지 않았다.

"경찰에서도 그렇게 마무리를 지었잖아! 쓸데없이 그 이상 파면 위험할지도 모르네! 전부 자네가 걱정되어서 이러는 것이야!"

"크윽……."

현재 경찰이나 검찰은 어떤 때보다 날카로웠다. 내부에서 과거에 조작된 사건들을 들춰내 재수사하고 있으니 당연한 반응이었다. 그런 상황에서 잘못 사건을 들쑤셨다가는 낭패만 보게 될지도 몰랐다.

"아무튼 잠시만 조용히 있게나."

"그, 그럴 수는 없습니다!"

큰소리로 외친 이태용은 회의실을 뛰쳐나갔다.

황재운의 미간이 찌푸려졌다.

이내 그는 한숨을 흘리며 보도국장으로 확정된 박경식의 사무실로 들어섰다.

"무슨 일인가?"

날카로운 물음에 황재운은 조심스럽게 입을 열었다.

"그게… 이태용 기자가 우지훈 사건을 계속 캐려는 것 같습니다."

"뭐?! 조금 잠잠해지나 싶었더니… 지난번에 그 일을 겪고서도 말인가?"

"말려는 봤지만 소용이 없었습니다."

그들은 이태용이 납치당했던 전말을 알고 있다는 듯이 말했다.

"정말 쓸데없는 일로 목숨을 자초하는군."

"어떻게… 할까요?"

"내가 알아서 하지. 자네는 나가보게."

보고를 마친 황재운은 사무실을 나섰다.

그사이 박경식은 고민에 잠겨 있다가 핸드폰을 꺼내 들어 홍주원이라고 저장된 번호로 연결했다.

—무슨 일입니까?

"이태용 기자가 포기하지 않는 듯싶습니다."

—이런… 그런 꼴을 당하고서 또 움직인단 말입니까? 보기보다 자신의 목숨을 아낄 줄 모르는 사람이군요.

"아무튼 말씀하신대로 이상한 움직임이 보여서 연락드린 것입니다."

박경식은 보도국장으로 확정되면서 천익의 접촉을 받았다. 물론 그 관계에 대한 거래도 있었다.

상당한 금액의 뇌물을 받으며 내부 동태에 대해 제공해 주었다. 지금도 그 대가로 정보를 주는 것이다.

—감사합니다. 사례는 톡톡히 해드리지요. 그리고 일전에 말씀드렸던 대로 우리에 관한 기사는 잘 부탁드리겠습니다.

대일신문 송해국이 검찰에 검거되면서 천익은 언론사와 직접적으로 접촉할 수밖에 없었다. 박경식 또한 다른 언론사들과 함께 포섭된 인물 중 하나였다.

"걱정하지 마십시오. 기자들은 아직 그쪽 일에 대해서 전혀 모르는 눈치입니다."

—그럼 다행이지만… 혹시 몰라서 말입니다.

통화를 마친 박경식의 입가에 미소가 자리 잡았다.

한편, 통화를 마친 홍주원은 책상에 놓인 이태용에 대한 보고서를 집어 들었다.

"역시 기자라는 족속들은 입이 방정이지… 그런데 정민수라는 녀석은 어떻게 되었지?"

홍주원의 앞에는 검은 정장을 입은 사내가 서 있었다.

그는 과거 특수경호팀 소속으로, 지금은 은밀하게 움직이는 요원 고성진이었다.

"네이처펀치에서 활동하려는 프리랜서 출신 신입 기자입니다. 그런데 재빠른 건지 아니면 눈치가 좋은 건지 툭하면 요원들이 놓치고 있습니다."

천익에서는 KBC보도국 기자인 이태용이 분란을 일으킬까봐 감시하는 중이었다. 그러다가 정민수와 접촉한 사실을 알게 되어 따로 조사해보았다.

"그런데 신상정보가 없지 않나."

"가명인 듯싶습니다. 알아보니 프리랜서 기자들은 신분 노출이 위험할지 몰라서 그러기도 한다더군요."

말이 좋아 프리랜서지 속된 말로 파파라치에 속했다.

그들은 정치나 경제, 연예 쪽에서 돈이 될 만한 기사거리를 쫓아 밝히기 일쑤였다.

당연히 목숨의 위협을 받을 수 있다보니 가명으로 활동하는 경우가 간혹 있었다.

"역시 골치 아픈 놈들이야."

"일단은 지금 네이처펀치 회사에서 나왔다고 하여 미행하는 중입니다."

고성진은 그쪽을 담당하는 부하들에게 보고받은 대로 홍주원에게 전했다.

"혹시 정체불명의 조직과 관계된 것일까?"

"모르겠습니다. 허나 우리가 놓친 사이에 접촉했을 수도 있겠죠."

언제나 미행을 놓치는 바람에 정민수의 자택도 알아내지 못했다. 당연히 수상할 수밖에 없으니, 정체불명의 조직과 연관 지은 것이다.

"이대로라면 잡아서 족치는 수밖에 없겠군."

"바로 잡아들일까요?"

우우웅— 우우웅—

그때 고성진의 핸드폰이 울렸다.

정민수를 미행 중인 팀에게서 온 메시지였다.

"정민수가 이태용이 있는 곳으로 이동 중이라고 합니다. 어떻게 할까요?"

"둘 다 잡아들여. 더 이상 나대게 두고 볼 수만은 없으니 말이야."

"알겠습니다."

홍주원은 지시를 내리며 들고 있던 서류를 읽어보았다.

이태용의 노트북 사용 내용을 해킹한 목록들이 적혀 있었다.

[태백에 숨겨져 있는 비밀 마을]

[지구당교 사람들의 숨겨진 비밀]

[흑색바다 앞에 숨겨진 비밀 요양원]

[세상 속으로 숨어든 친일파 기업]

[블루세이프티의 숨겨진 모체는 천익!]

이태용이 우연찮게 습득한 정민수의 USB로 본 파일 목록들이었다.

지금까지 정민수를 바로 해결하지 않은 이유는 정체불명의 조직과 연관된 증거와 사람들을 찾아내기 위해서였다.

하지만 매번 요원들이 놓쳐대니 직접 나서서 해결하는 수밖에 없었다.

"드디어 꼬리를 잡겠군."

회사 밖으로 나온 이태용은 네이처펀치의 정민수를 밖으로 불러서 만났다.

"여기다!"

포장마차에 앉아 있던 이태용의 부름에 택시에서 내린 정민수가 다가왔다.

"한동안은 따로 알아볼 게 있다고 하시더니… 무슨 일이 있습니까?"

"몰라! 이 자식아! 앉기나 해."

이태용은 이미 소주를 3병이나 비워버린 상태였다.

정민수는 머리를 긁적이며 맞은편에 자리를 잡고 앉았다.

"친구 분이 당한 사건에 대해 더 나오는 것이 없나봅니다."

"……."

정곡을 찔린 탓인지 이태용은 술잔을 가득 채우고서 한 번에 들이켰다.

"그러게 말씀드리지 않았습니까. 완벽하게 사고로 꾸며져서 파봤자 소용없을 거라고요."

정민수는 귀를 후비면서 어쩔 수 없다는 듯이 말했다.

그로 인해 이태용은 표정을 확 구기며 그의 멱살을 붙잡았다.

"이 자식아! 네가 뭘 안다고 지껄여!"

"웬만큼은 알죠. 사건 당일에 이 기자님이랑 만나기로 했던 우지훈 씨가 음주 운전하여 교통사고를 당했다는 것 아닙니까?"

확실한 증거라고는 우지훈의 혈중 알코올 농도가 위험 수위였다는 사실이었다. 그것만으로는 어떤 사실이 나오든 우지훈의 타살 혐의를 입증하기가 어려웠다.

"그놈들이 죽인 거라고!!"

국정원을 사칭한 이들을 말함이었다.

그러나 이태용을 납치 및 살인미수로 잡힌 사내들은 우

지훈의 사건과 무관한 것으로 결정이 내려졌다.

이태용은 더욱 열불이 뻗칠 수밖에 없었다.

"제가 우리 사건이나 파자고 했잖습니까. 어차피 다 연관된 것인데 말이죠."

사내들의 출신, 블루세이프티는 천익과 연관되어 있었다. 당연히 명령이 떨어진 곳을 추측하자면 천익일 확률이 매우 높았다.

이태용도 짐작하고 있었다.

최근까지 정민수와 같이 천익을 조사하면서 수상한 정황들을 봐 왔기 때문이다.

하지만 친구의 사건만은 자신이 해결해주고 싶었기에 마음이 더욱 답답했다.

"후우… 누가 그걸 몰라서 그러…냐."

이태용의 입에서 한없이 짙어진 한숨이 흘러나왔다.

정민수는 뒷머리를 긁적이더니 가방에서 사진 뭉치들을 꺼내 내밀었다.

"이거 한 번 보세요."

"뭔데……?"

"보기나 하세요."

블랙박스 영상을 찍은 사진들이었다.

취기 어린 이태용의 눈이 점점 크게 떠졌다.

"지훈이 차가 찍힌 거야?"

"CCTV로는 차의 이동 경로밖에 확인 못 하잖아요. 그래서 앞뒤로 붙었던 차를 조사해서 따봤어요. 안에 보이시죠? 혼자 타고 있던 게 아니란 것을요."

이태용의 손에 들린 사진에는 우지훈의 차 뒷모습이 찍혀 있었다. 더욱 놀라운 것은 그가 혼자 타고 있어야 할 차에 2명의 사내가 더 있었다는 사실이었다.

"이런 생각은 어떻게 한 거야?"

"뭐… 발상의 전환이죠."

"그런데 아까 그런 말은 왜 한 거고?"

방금 전까지 정민수는 아무런 증거가 없기 때문에 포기하라는 듯이 말했다. 이태용도 나름 납득이 갔지만 화를 낼 수밖에 없었다.

"이 기자님이 포기하시는 것 같아서 연기 좀 해봤습니다. 그리고 이 정도면 충분한 증거가 되겠죠."

"하아… 이 자식!"

경찰도 찾아내지 못했던, 우지훈이 혼자가 아니었다는 증거였다.

그것만으로도 타살 정황이 확인되니 경찰도 재수사에 들어갈 것이 분명했다.

"이제부터 제 아이템 취재에 집중하시는 겁니다."

"알겠다! 이 자식아!"

기분이 좋아진 이태용은 연거푸 술을 들이켰다.

물론 정민수도 그를 따라 마시면서 분위기를 띄웠다.

밤은 점점 깊어져 갔다.

정민수는 거하게 취한 이태용을 부축하며 택시를 잡기 위해 도로가로 다가섰다.

외진 길이었기에 사람들이 많이 다니지 않았다.

그러던 중에 검은색 승합차 차량이 앞으로 섰다.

깜짝 놀란 정민수는 이태용을 부축한 채로 주춤거리다가 물러나려고 했다.

하지만 어느새 뒤편으로 다가온 서 있는 사내들에게 막혀버렸고, 찌릿한 느낌이 전신을 파고들었다.

"크윽!"

결국 두 사람은 정신을 잃었다. 동시에 승합차의 문이 열리더니 사내들이 내려 그들을 태웠다.

시간이 얼마나 지났을까.

술기운에서 깨어난 이태용은 캄캄한 시야를 확인하다가 머리에 두건이 씌워진 것을 깨달았다.

"뭐, 뭐지……."

지금과 같은 분위기를 얼마 전에도 느꼈기에 어렵지 않게 눈치챌 수 있었다.

'설마… 또 납치를 당한 건가?'

지금과 같은 일이 벌어질까봐 한동안 밤이 깊은 시간이

면 조심해서 다녔다. 그러다가 울컥하는 마음에 술을 마시다보니 인지하지 못하고 말았다.

"분명히 민수랑 술을 마시고 있었는데… 민수야! 민수야!"

"저, 저… 여기 있습니다."

정민수의 떨리는 목소리가 바로 옆에서 들려왔다.

"이게 어떻게 된 거냐?"

"택시를 잡으려는데 갑자기 이상한 놈들이 나타나서 기절시켰습니다."

"…결국 또 이렇게 되는 건가?"

탄식을 흘린 이태용은 지난번처럼 누군가 구해주지 않을까 생각도 해봤다. 그러나 기적과도 같았던 일이었기에 다시 그런 일을 기대하기란 어려웠다.

저벅. 저벅.

그때 둔탁한 발자국 소리가 들려왔다.

두 사람은 머리에 두건이 씌워진 채로 숨을 죽였다.

딸칵! 쿵!

묵직한 철문이 열렸다 닫히면서 두 개의 발자국 소리가 두 사람 앞에 도착했다.

두 사람 중 한 사람은 홍주원의 지시를 받아 움직인 고성진이었다.

"벗겨봐."

그의 지시가 내려지자 옆으로 서 있던 부하가 두 사람의 머리에 씌워둔 두건을 벗겼다.

빛조차 투과하지 못하던 두건이 벗겨지자 이태용과 정민수는 눈살을 찌푸릴 수밖에 없었다.

"윽……."

"잠은 잘 주무셨나?"

고성진은 누워 있던 이태용에게 얼굴을 가까이 들이대며 물었다.

"다, 당신들은 누구지?"

"우리? 크큭큭… 기자라서 그런지 자신이 어떻게 될지보다 정체를 더 궁금해하는군."

"천익에서 보낸 건가?"

그 말을 꺼낸 것은 정민수였다.

그는 어느새 몸을 일으키고 앉아 고성진을 날카롭게 쳐다보고 있었다.

"우리에 대해 조사한다더니… 역시 뭔가 있었군. 네놈도 그 빌어먹을 조직에 속한 녀석인가?"

천익은 자신들을 괴롭히던 조직에 대해 하나도 알아내지 못했다. 그래서 딱히 명칭을 정하지 못하고 정민수에게 되물었다.

"어떤 조직을 말하는 거지? 나는 기자일 뿐인데 말이야. 누군가에 당하기라도 했나?"

위험한 상황임에도 정민수는 취재하듯이 질문을 던졌다.

이에 고성진의 이마에 힘줄이 잡히더니 그에게 다가섰다.

"이미 이태용에게 넘겼던 자료를 확인했다. 녀석들이 아닌 이상 알 수가 없는 정보였지. 그래도 계속 발뺌할 생각인가?"

퍽!

말이 끝남과 동시에 고성진이 정민수의 면상에 주먹을 날렸다.

뻔히 보이는 주먹이었지만 정민수는 양쪽 손목이 케이블 타이로 묶여 있었다. 어렵게 일어난 상태에서 주먹까지 피할 수는 없었다.

"경호원들은 어떤 상황에서도 냉철하다고 하더니… 다 거짓말이네! 퉤!"

정민수는 피가 고인 침을 뱉어내더니 여전히 굽히지 않는 눈빛으로 고성진을 노려보았다.

"어차피 네놈들은 죽을 목숨이니 알고 있는 모든 정보를 순순히 말하는 것이 좋을 거야."

"내가 말할 것 같은가? 그리고 기왕이면 높은 대가리가 와서 물어봐주지 그러나."

"…뭐?"

"홍주원이나 나도명 같은 인물로 말이지. 아니면 제일 윗대가리인 김정구도 좋고 말이야. 애초부터 천익에서 임설 대표는 꼭두각시였지 않나."

홍주원을 제외한 인물들의 이름과 위치는 천익에서도 일급 기밀사항이었다. 그런데 그런 것까지 정민수가 알고 있으니 고성진의 표정을 더욱 진지해졌다.

"역시… 네 녀석은 그놈들 중 하나였구나. 불 때까지 패도록! 대신 죽이지만 말고!"

지시를 받은 부하가 앞으로 나서서 정민수에게 발길질을 해댔다.

그사이 고성진은 뒤로 돌아서서 홍주원에게 연락을 넣었다.

퍽! 퍼퍽! 퍽!

무지막지한 폭행을 지켜보던 이태용이 버럭 소리를 질렀다.

"이 개자식들아!!"

"저 새끼가 지금 뭐라는 거야? 미쳤냐?"

발길질을 해대던 사내의 부하가 미간을 잔뜩 찌푸린 채로 다가와 이태용의 멱살을 잡았다.

그럼에도 이태용은 전혀 주눅 들지 않았다.

"이번 취재는 내가 준비한 거다! 저 녀석은 아무런 관련도 없어! 모두 내가 시켜서 한 거다!"

"이게 제대로 돌았구만? 우리가 확인도 안 해보고 네 녀석을 같이 납치한 것 같나? 우연히 USB를 입수한 것부터 모두 보고 있었는데?"

"뭐, 뭐……?"

처음부터 감시당하고 있었다는 말과 같았다.

목숨을 구원받고, 안전하다고 생각했지만 여전히 목숨을 위협당했던 것이다.

"컴퓨터에 보관해둔 취재 자료도 모두 확보해 놨지. 이게 누구 건지 잘 모르겠나?"

자리에서 일어난 사내가 한쪽 책상에 놓인 노트북을 바닥으로 내던졌다.

그것은 바로 이태용이 보도국에서 사용 중이던 개인 노트북이었다.

정민수와 함께 조사한 모든 취재 자료들이 그곳에 보관되어 있었다.

"내 노트북이 어떻게……."

"우리에게 이런 일쯤은 어려운 일도 아니야. 그러니 어줍지 않은 동정으로 나서지 말라고!"

퍽!

이태용은 사내의 주먹에 얻어맞고 뒤로 나가떨어졌다.

사내는 다시 고개를 돌려 쓰러져 있는 정민수에게로 걸어갔다.

"숨은 좀 돌렸나? 설마 고작 그거 맞고서 죽은 건 아니지?"

"왜… 죽으면 화장이라도 시켜주려고 그러냐? 경호 3팀 소속이었던 박은광?"

그의 중얼거림에 사내와, 통화 중이던 고성진의 표정이 돌처럼 굳어졌다.

출신 소속과 이름을 정확히 맞췄기 때문이다.

"그걸 어떻게……."

"궁금한가? 특수경호팀 소속이었던 고성진 씨?"

이번에도 정확하게 맞췄다.

얼굴을 굳힌 채로 가만히 있던 고성진은 수화기 너머로 들려오던 홍주원의 목소리를 놓쳤다.

―고성진! 무슨 일인가!

정신을 차린 그는 사태의 심각성을 깨닫고 다급히 말했다.

자신들의 정보를 알고 있다면 정체불명의 조직과 연관된 인물임이 확실했기 때문이다.

"아, 아! 죄송합니다. 그보다……."

―무슨 일인데 그러나?

"정민수라는 녀석이 저희 소속을 알고 있습니다."

―뭐……?

예전에 천익의 본사가 털린 이후, 정보가 밖으로 새어 나간 일은 전혀 없었다.

그렇다면 가능성은 한 가지뿐이었다.

정보를 직접 털어 갔던 인물과 관련이 있는 것이다.

"이 녀석이라면 그 조직에 대해 알아낼 수 있을 듯싶습니다."

—흠… 내가 그리로 직접 가도록 하지!

"직접 오신단 말씀이십니까?"

—드디어 녀석들의 흔적을 잡은 것일지도 모르지 않나. 그렇다면 직접 가서 확인해봐야지. 고문은 하되 절대로 죽이지 말도록!

그렇게 통화가 끊겼다.

고성진은 정민수에게 다가갔다.

"우리에 대해 어디까지 알고 있는 것이지?"

이태용의 노트북에서 발견된 정보를 보아하니 정민수는 천익의 깊숙한 곳까지 접근한 것이 분명했다.

그러나 확실한 증거는 없었기에 그가 얼마나 더 많은 정보를 가진 것인지 알아낼 필요가 있었다.

"말할 필요성은 느끼지 못하겠는데?"

계속 화만 돋구어대는 그의 말투에 고성진은 주먹을 꽉 쥐었다.

"쓸데없이 매를 버는군. 박은광! 다른 녀석들을 불러서 이 자식들을 고문실로 끌고 가!"

"알겠습니다."

그의 부하인 박은광은 무전을 하여 사람들을 불렀다.

안으로 들어선 4명의 사내들은 각각 정민수와 이태용의 양팔을 붙든 후에 질질 끌고 나갔다.

방 밖은 안성에 위치했던 아지트와 비슷한 내관이었다.

긴 복도의 양쪽으로 여러 방문들이 자리 잡고 있었다.

그들은 두 사람을 1~2분 정도를 끌고 가더니 고문 기구들이 배치된 방을 찾아 들어섰다.

그곳에는 무슨 용도로 쓰일지 알 수 없는 도구들이 잔뜩 놓여 있었다.

"이사님께서 죽이지만 말라고 하셨으니 눈깔을 뽑든 다리를 아작 내든… 어떻게든 말하고 싶게끔 만들어주지."

뒤늦게 방으로 들어선 고성진은 뾰족한 갈고리들이 반원 모양으로 촘촘하게 둘러싼 기구를 들어 올렸다.

안구를 바깥에서부터 붙잡아 그대로 뽑아내는 용도였다.

눈꺼풀을 뚫고 살점 채로 뜯어내는 것이라 엄청난 고통을 줄 것이 분명했다.

"뭐부터 해줄까? 아… 아까부터 지켜보니 정 기자는 이태용 기자를 많이 생각하는 것 같던데. 이 녀석을 조지는 것이 더 나으려나?"

고성진은 사람을 많이 고문해봤는지 직접적인 것보다 간

접적으로 더 좋은 방법을 생각해냈다.

"히익!"

아까까지 위풍당당했던 이태용도 그런 기구를 확인하고서는 겁을 집어먹었다.

어떤 사람이든 고통을 앞전에 두고 당당하기 힘든 것은 당연했다.

"참… 이거 쌍팔년도 안기부 시대도 아니고."

"…뭐? 제대로 해보기도 전에 미치기라도 한 건가?"

더욱 차가워진 정민수의 말투에 고문 기구를 들고 있던 고성진은 고개를 갸웃거렸다.

"웬만하면 녀석들이 오고서 움직이려 했지만… 통화까지 했으니 충분한 증거가 되겠지."

"이게 뭐라고 지껄이는…….."

뚝!

짧고 굵은 불길한 소리가 정민수의 허리 뒤에서 울렸다.

주변에 서 있던 사내들이 깜짝 놀라 고개를 돌렸다.

"이제 주인공이 올 때까지 조용히 있어줘야겠어."

정민수의 손목을 묶고 있던 케이블타이가 끊어지는 소리였다.

그와 동시에 양손이 바깥으로 내밀어지자 사내들의 표정이 어느 때보다 차갑게 식었다.

"뭐 해? 어서 덤비지 않고."

정민수의 비아냥거림에 사내들이 일제히 달려들었다.

그와 동시에 정민수도 달려들어 틈으로 파고들어갔다.

퍼퍽! 퍽! 퍼퍼퍽!

묵직한 타격 소리가 방 안에 울려 퍼졌다.

정민수에게 주먹을 날리던 사내들은 하나둘씩 바깥으로 떨어져 나갔다.

그사이 조금 떨어진 곳에 선 고성진이 무전으로 다른 부하들을 불러들였다.

바깥에서 대기 중이던 이들이 동료들과 합세했다.

또다시 사내들이 날아가더니 고문 기구들이 놓인 선반에 부딪혔다.

그들에 의해 주변에 있던 기물들이 부서지면서 난장판을 만들었다.

"이, 이게……."

어느새 상황은 정리되어 있었다.

마지막으로 서 있는 사람은 다른 누구도 아닌 정민수였다.

말도 안 된다고 생각한 고성진은 품속으로 손을 집어넣었다.

바로 권총을 꺼내기 위해서였다.

쉬익— 퍽!

동시에 정민수는 바닥에 굴러다니던 안구 적출기기를 던

져 그의 손등에 맞췄다.

"아아아악!"

얇고 날카로운 갈퀴가 그의 손등으로 파고들었다.

"손버릇이 나쁘시네. 그런 위험한 장난감은 사격장에서
나 쓰실 것이지 말이야."

정민수는 그에게 다가가 권총을 뺏었다.

그리고 쓰러져 있는 다른 이들의 품도 뒤져서 위험한 무
기들을 모조리 수거해 나갔다.

"꼼짝……."

푹!

그 순간 정신을 차린 한 사내가 이태용을 인질로 잡으려
고 했다.

하지만 정민수는 그보다 빠르게 움직여서 챙기고 있던
나이프를 던져 그의 우측 어깨의 급소를 정확히 맞췄다.

사내는 어깨를 부여잡으며 바닥으로 쓰러졌다.

보통 위치라면 움직일 수 있겠지만 신경이 지나가는 곳
을 맞았기에 어려울 것이다.

"누구든 함부로 일어나지 않는 것이 신상에 좋을 거다.
그랬다간 저 녀석처럼 만들어줄 테니까."

차갑고 싸늘한 말투에 조금씩 정신을 차리던 사내들이
뜨끔하며 몸을 움츠렸다.

"이태용 기자님은 좀 괜찮으세요?"

"……."

지금의 황당한 상황을 지켜보던 이태용은 그 물음에 어떤 대답을 해줘야 할지 몰랐다.

10명이 넘는 사내들을 순식간에 쓰러뜨린 것으로도 모자라, 인질로 잡힐 뻔했던 자신까지 구해줬으니 말이다.

"충격이 심하셨나보네요. 그런데 상황이 좀 중요하다보니 조금만 더 묶여 있으셔야겠습니다."

정민수는 사내들의 품속에서 찾아낸 케이블타이를 꺼내 들었다. 그리고 기절한 이들을 묶어서 구석진 벽 쪽에 앉혀 놓았다.

"자, 자네는 대체 누군가?"

"저요? 죄송하지만 지금은 말씀드릴 수 없겠네요. 그리고 금방 다녀올 테니 조금만 기다리세요."

정민수는 그대로 고문실 밖으로 걸어 나갔다.

여전히 양손목이 묶여 있는 이태용은 멍한 표정으로 두 눈만 깜박였다.

물론 당장이라도 도망치고 싶었지만 포박당한 상태에, 바깥 상황마저 모르니 일단 정민수를 믿어보기로 한 것이다.

잠시 후.

서울 외곽에 위치한 아지트에 홍주원과 나도명이 요원들

을 데리고 도착했다.

공사가 중단된 소규모 아파트 단지로, 부도난 건설사를 통해 매입한 장소였기에 다른 이들에게 들킬 위험이 없었다.

"녀석들이 왜 나와 있지 않는 것이지?"

원래대로라면 감시 카메라로 상황을 확인한 아지트의 부하들이 문을 열어줘야 했다.

그런데 아무런 반응이 없자 홍주원이 미간을 찌푸렸다.

쿠쿵…….

홍주원이 고성진에게 확인 전화를 하려던 순간, 벽면에 위치한 아지트의 비밀통로가 열렸다.

"이제야 봤나보군. 들어가시죠."

"그러시지요."

"아, 혹시 모르니 절반은 밖에서 대기하도록 하지."

"예!"

뒤에서 기다리던 나도명이 앞장섰다.

그러자 홍주원과 다른 요원들도 그의 뒤를 따랐다.

아지트 내부에서 외부를 철저하게 감시하기 때문에 바깥에서는 경비를 서지 않았다.

나도명은 혹시나 싶어 남은 요원들에게 경비를 지시한 것이다.

그사이 안으로 들어선 이들은 고요한 아지트 내부를 보

며 두리번거렸다.

"뭔가 이상합니다."

"그러게 말이군요. 다들 상황을 확인해보도록 해주셨으면 하네."

나도명이 지시를 내리자 요원들은 분주하게 움직이며 아지트를 수색해 나갔다.

그러다 몇몇이 무언가를 발견했는지 큰 목소리로 외쳤다.

"이쪽에 요원들이 쓰러져 있습니다!"

"요원들이 포박된 채로 있습니다!"

한두 곳이 아니었다.

그런 외침 속에서 중요한 보고가 들어왔다.

"고문실에 묶여 있는 녀석이 있습니다!"

"저리로 가보도록 하지요."

황당한 상황은 함정일지도 몰랐다.

그러나 홍주원과 나도명은 주변을 확인하고 들어왔기에 위험요소가 없다고 판단했다.

나도명이 제안하자 이번에는 홍주원이 앞장서서 걸어갔다.

고문실로 들어가자 요원의 보고대로 의자에 앉혀져 있는 이태용이 보였다.

반면 정신을 차리고 있던 이태용은 홍주원을 보고 깜짝

놀랄 수밖에 없었다.

정민수의 추측대로 자신을 납치한 이들이 천익과 연관된 것이 확실해졌기 때문이다.

"읍! 읍! 읍!"

홍주원은 이태용에게 다가서다가 구석진 벽 앞에서 재갈이 물린 채 있던 고성진의 외침을 들었다.

"누가 저 녀석을 풀어줘봐!"

요원 한 명이 그에게 걸어가 칼로 입에 물린 케이블타이를 끊어줬다.

"하아… 하아……!"

입안을 틀어막고 있던 헝겊까지 빠지자 고성진은 격하게 숨을 몰아쉬었다.

"고성진. 이게 어찌 된 상황인가? 왜 아지트를 지키고 있던 놈들이 죄다 쓰러져 있는 거지?"

"이, 이사님! 하, 함정이었습니다!"

"함정이었다니… 그게 무슨 말인가?"

퍼퍽! 퍽! 퍽!

갑자기 입구 바깥에서 시끄러운 소리가 들려왔다.

이내 몇몇 요원들이 고문실 안쪽으로 쓰러지면서 한 사내가 모습을 드러냈다.

"이제야 주인공들이 모두 나타나셨군."

"정…민수?"

홍주원은 그를 사진으로 본 적이 있었기에 누군지 알 수 있었다.

그사이 뒤로 급히 물러났던 다른 요원들은 쉽게 덤비지 못하고 정민수를 둘러쌌다.

방금 전 무시무시한 기술로 인해 쓰러져 간 동료들을 보았기 때문이다.

"고성진 요원의 말대로 함정인가보군요. 애초부터 스스로 우리를 불러들이기 위한 미끼가 되어서 말이죠."

나도명은 조용히 중얼거렸다.

신중에 신중을 가했는데 중요한 순간, 엄청난 함정에 빠져버렸으니 말이다.

"역시 백송을 보필하던 집사 출신이라서 그런지 눈치가 빠르시군."

정민수의 입에서 전설의 사채업자 김제성의 별명까지 거론되자 홍주원의 표정까지 굳어졌다.

나도명의 말처럼 위험한 상황임을 단번에 깨달았다.

"신원이 확인되지 않던데… 도대체 네 녀석은 누구지?"

"네 녀석들에게 밝힐 이름 따위는 없지. 그저 무너져주면 되는 거니까."

날카로운 정민수의 목소리가 이어지는 사이, 홍주원은 지금 상황을 타개할 방법을 떠올려봤다.

그러던 중에 쓰러진 선반 밑으로 떨어진 권총 한 자루가 눈에 띄었다.

'저것만 줍는다면…….'

아무리 격투에 능하다고 해도 권총을 상대할 수는 없을 것이다. 요원들에게 덮치라고 지시한 뒤 총을 줍는다면 기사회생할 수 있었다.

"모두 저 녀석을 해치워!"

홍주원의 외침에 요원들은 이를 악물고 달려들었다.

그와 동시에 홍주원은 권총이 떨어진 선반으로 급히 다가가 손을 뻗어 주워들었다.

퍼퍽! 픽! 퍼퍼퍽!

격투가 시작되자 정민수는 기묘한 몸놀림으로 주먹과 발차기들을 피하며 공격해 나갔다.

주먹과 팔꿈치가 요원들의 급소로 깊게 파고들었다.

일격에 한 명씩 쓰러지더니 남은 요원들까지 모조리 바닥에 눕게 되었다.

철컥—

그때 홍주원이 장전한 권총을 정민수에게 겨누었다.

"이제 네놈은 끝이다!"

지금의 상황을 보면 정민수는 정체불명의 조직에 소속된 것이 확실했다.

그러나 살아남기 위해서는 정보를 캐는 것보다 안전 확보가 우선이었다.

"한 번 쏴보시지."

그 순간 정민수의 전신으로 섬뜩한 기운이 치솟았다.

아무리 우둔한 사람이라도 무시무시하다는 것을 알 수 있을 정도였다.

권총을 들고 있던 홍주원의 손이 미세하게 떨려 왔다.

등골이 오싹해지면서 사격 자세를 유지하는 것마저도 힘들었다.

"왜 그러지? 방아쇠를 당기기가 무서운 것인가?"

"주, 죽어!"

탕! 타탕!

자동권총은 연사로 발사되었다.

5m 정도 앞에 서 있던 정민수가 순식간에 사라지더니 공중으로 떠올라 있었다.

긴장한 탓에 시야가 좁아진 홍주원은 그를 발견하지 못하고 정신없이 좌우만 둘러보았다.

"어, 어디지? 어디로 간 거야!"

퍽! 퍼퍽! 퍽!

그가 혼란스러워하는 사이, 정민수는 천장을 박차고 내려와 가슴과 복부의 급소에 주먹을 내질렀다.

"크, 크억……!"

단련된 사람도 쉽게 버티지 못하는 부분이었다.

그 탓에 홍주원은 정신을 잃으며 쓰러지고 말았다.

"…정말 대단하군요. 젊은 나이의 그 정도의 무위라니 말입니다."

나도명은 오히려 감탄사를 내뱉었다.

"위기가 닥친 상황에서 그런 말을 하는 당신도 만만치 않군. 빠져나갈 방법이라도 있단 의미인가?"

"그럴 리가 있겠습니까. 순수하게 놀란 것뿐입니다. 헌데 앞으로 우리를 어쩔 생각이지요?"

궁금증이 가득해진 나도명이 진지하게 물었다.

이에 정민수는 실소를 내뱉으면서 입을 열었다.

"뭘 어쩌겠어. 여기 있는 녀석들 전부 연행되는 거지. 물론 당신도 말이야. 납치했던 사람을 또다시 납치했으니 벌을 받아야 하잖아."

"정의구현을 위한 조직인가보군요. 설마… 겨레회라는 곳인 겁니까?"

여러 조직을 짐작해보던 나도명은 제일 유력한 곳을 찔러보았다.

그러나 정민수는 대답해주지 않았다.

"그건 당신들이 알아내보시지. 내가 누군지도 말이야. 뭐… 절대로 알아내지 못하겠지만."

자신만만한 정민수의 태도에 나도명은 고개를 저었다.

이제 정체불명의 조직의 모습을 보았으니 알아낼 수 있다고 여겼기 때문이다.

"우리를 너무 얕잡아보는군요."

"자신 있으면 해보시든지. 어차피 당신들에게 볼일은 끝났으니까."

"이곳에서 당신이 도망칠 수 있을 것 같습니까?"

나도명이 들고 있던 핸드폰을 내밀어 보였다.

복잡한 번호로 문자를 보낸 내역이 적혀 있었다.

[즉시 아지트 봉쇄.]

"……."

다른 부하들에게 보낸 문자였다.

정민수는 어이가 없었다.

아주 잠깐의 시간 동안 빠른 판단을 내려 보낸 것이기 때문이다.

"네 녀석은 절대로 도망칠 수 없다."

방금 전까지 정민수에게 존대하던 나도명이 사악한 미소를 지어 보이며 대답했다.

"쓸데없는 짓을 했네. 뭐, 나에게는 잘된 일이긴 하지만 말이야."

"이곳은 지하이지. 지금쯤이면 요원들이 아지트의 모든 탈출로를 봉쇄하고 있을 거야! 그러니 절대로 도망칠 수 없다!"

하지만 정민수는 나도명의 대답을 들으면서도 긴장은커
녕 손목시계만 쳐다보았다.

당연히 이상해 보일 수밖에 없었다.

나도명의 표정에 불쾌함에 떠올랐다.

"…무슨 꼼수를 부리려는 것이지?"

"당신들이 도착하기 전에 나도 문자를 하나 보냈거든.
그 사람들도 슬슬 도착할 때가 돼서 말이야."

"뭐……?"

정민수는 방금 전의 나도명처럼 핸드폰을 내밀어 보였
다.

화면에는 112로 보낸 문자가 찍혀 있었다.

[살려주세요. 인신매매 범들에게 납치당했어요.]

자신의 것이 아닌 천익의 요원이 가지고 있던 핸드폰이
었다.

경찰에 신고하였으니 지금쯤이면 위치를 추적하여 오고
있을 것이다.

"크윽… 감히 그런 짓을……."

설마 경찰에 신고했을 줄은 예상도 못했다.

"그러고 보니… 이제 헤어질 시간이 되어 가는군."

"아까 말했을 텐데. 네놈도 여기서 빠져나갈 수는 없어!"

밖에서는 천익의 요원들이 모든 출입구를 봉쇄하고 있었다.

그것을 잘 아는 정민수의 시선이 또다시 손목시계로 향했다.

"그건 당신 생각이겠지. 시간이 슬슬 되어 가네……."

"…뭐? 그게 무슨……!"

픽!

그 순간 아지트의 모든 불빛이 꺼졌다.

주변이 완전히 캄캄해지자 나도명은 깜짝 놀라며 핸드폰으로 불을 켠 채 두리번거렸다.

샤샥!

불빛 앞으로 10걸음 정도 떨어져 있던 정민수의 얼굴이 나타났다.

"당신도 다른 사람들처럼 쓰러져 있어줘야겠지?"

"어, 어떻……!"

퍼퍽! 픽!

정민수의 주먹이 어둠을 가르며 내질러졌다.

나도명은 상당한 나이임에도 불구하고 방어해보려 했지만 소용이 없었다.

틈으로 들어온 주먹에 복부와 무릎을 내주며 그대로 주저앉아버렸다.

"민수야! 나도 데려가야지!"

한순간 밝혀졌던 불빛마저 사라지자, 입을 꾹 다물고 있던 이태용이 급히 정민수를 불렀다.

"이태용 기자님은 피해자이니 경찰에게 구조를 받으시면 됩니다. 누구나 믿던 진실이 거짓이란 걸 밝혀주셔야 하니까요."

이태용은 그 의미를 알 수 있었다.

그래서 고개를 끄덕이고, 경찰이 오기까지 아무 일도 없기만을 바랐다.

밖에서 대기하던 요원들은 나도명이나 홍주원의 지시를 기다리고 있었다.

쿵! 쿵!

그때 닫힌 비밀통로 입구에서 두드리는 소리가 들려왔다.

깜짝 놀란 요원들은 급히 총을 꺼내 들며 조심스럽게 입구로 다가섰다.

"안에서 무슨 일이라도 생긴 건가? 누가 안에다 무전이라도 쳐봐."

대기조 중 상관이 부하에게 지시를 내렸다.

그러나 안으로 들어간 동료는 아무런 대답이 없었다.

쿵! 쿵!

그사이에도 통로 입구를 두드리는 소리가 계속 들려왔

다.

이를 이상하게 생각한 요원들은 서로의 눈치를 살폈다.

그런 상황을 지켜보던 상관인 사내가 결정을 내렸다.

"문을 열어본다."

대답과 함께 다른 부하가 벽에 숨겨진 비밀통로의 작동 버튼을 눌렀다.

하지만 미동도 없이 고요함만 흘렀다.

"전원이 나간 건가? 그럼 수동으로 연다."

비밀통로에는 지하철의 자동문처럼 수동식 밸브가 있었다.

부하들 중 한 명이 문을 수동으로 전환시키고 신호를 주었다.

쿠쿵—

요원들이 직접 비밀통로 문을 열기 시작했다.

두드리는 소리가 멈추더니 캄캄한 내부가 드러났다.

잠시 후, 눈이 어둠에 익숙해진 요원들은 눈살을 찌푸리며 계단의 안쪽을 들여다보았다.

타다다다닥! 퍼퍽! 퍽!

그때 검은 인영이 튀어나오더니 요원들의 급소만 때리며 지나쳤다.

"크윽……."

"적이다!"

뒤로 물러나 있던 요원들이 소리를 질렀다.

그와 동시에 검은 인영의 사내는 그들마저 덮치면서 기묘한 움직임을 보였다.

퍼퍼퍽! 퍼퍽!

요원들이 총구를 겨눌 틈조차 주지 않았다.

결국 순식간에 모든 요원들이 쓰러지고, 검은 인영만 우두커니 서 있게 되었다.

"이 정도면 일어나지 못하겠지."

검은 인영의 정체는 정민수였다.

급조한 타이머트랩으로 아지트 전원이 나가게 만든 뒤 바깥에서 문을 열도록 유도한 것이다.

그 뒤로는 지금 벌어진 상황대로였다.

"슬슬 돌아가봐야겠군."

멀리서 사이렌 불빛이 번쩍이며 다가오고 있었다.

홍주원과 나도명이 도착하기 전에 신고해 놓았던 경찰들인 듯했다.

정민수는 그대로 아지트를 둘러싼 아파트 단지를 달려 인적이 드문 도로가에 도착했다.

그러자 헤드라이트를 끄고 있던 승합차 한 대가 기다렸다는 듯이 다가왔다.

"무사히 마치셨습니까?"

운전석 창문이 열리더니 IIS의 요원인 배진수가 얼굴을

166

내밀며 물었다.

"멀쩡합니다."

정민수는 그렇게 대답하며 뒤쪽으로 돌아가 차에 올라탔다.

그 안에는 김욱현과 주경수도 있었다.

"고생하셨습니다. 대표님."

주경수가 정민수에게 다가섰다.

그동안 정민수는 얼굴에 붙어 있던 광학위장용 패치를 떼기 시작했다.

찍— 찌이익!

눈 밑과 턱 아래, 광대 쪽에 붙어 있던 것들을 모두 떼어 내자 차준혁의 얼굴로 돌아왔다.

그동안 차준혁은 정민수로 위장하여 이태용에게 접근한 것이다.

쉽지 않은 일이었지만 천근초위를 무너뜨리는 데 꼭 필요한 사람을 확보하기 위해서였다.

"후우… 도망치는 녀석들은 보이지 않죠?"

"방금 전에도 유강수에게 확인했습니다. 현재까지 모두 쓰러져 있는 상태랍니다."

그들 팀에서 저격을 맡고 있는 유강수가 위치를 잡아두고 천익의 아지트 입구를 감시했다.

"다른 탈출로는요?"

"딱히 움직임은 없다고 했습니다."

치직!

여러 질문이 오가던 그때 운전석에 장착된 무전기가 울리며 유강수의 목소리가 흘러나왔다.

—여기는 MAD Three. 경찰이 도착해서 쓰러진 요원들을 체포 및 안으로 투입 중이다.

"상황 종료! MAD Three. 곧바로 복귀하도록."

—Roger!

모두의 얼굴에 미소가 그려졌다.

일이 계획대로 착착 진행되어 갔기 때문이다.

"잘됐군요. 마스터께서 직접 고생하신 보람이 있었습니다."

배진수는 이번 작전에서 차준혁이 직접 움직이는 바람에 팀장으로서 걱정이 많았다.

호위도 받지 않고, 천익의 미끼가 되는 임무였으니 당연했다.

"그보다 더 큰 보람도 있었죠. 홍주원만 올 줄 알았더니 나도명도 같이 왔더군요."

"정말입니까?!"

저격 포인트에서 감시 중인 유강수는 캄캄한 탓에 적외선 장비를 사용했다.

그렇다보니 아지트로 온 이들의 얼굴을 세세히 확인하기

가 어려웠다.

"모두 기절시켜 놨으니 잡히겠죠. 납치당한 이태용 기자도 같이 있으니 절대로 빠져나갈 수 없을 겁니다."

차준혁이 이태용에게 접근했던 이유는 정민수라는 이름으로 조사하며 사건의 진실을 보여주기 위해서였다.

이제 제대로 된 흑막을 드러내줬으니, 믿고 싶지 않아도 믿을 수밖에 없었다.

"누가 잡혔다고?"

자택에서 쉬고 있던 김정구는 태백까지 찾아온 임설의 말을 듣고 심각해졌다.

"어젯밤에 홍주원 이사와 나도명 집사가 경찰에 잡혀 들어갔어요! 그것도 이태용이란 기자나부랭이의 납치 및 살인미수 혐의로요!"

게다가 요원들은 권총까지 소지한 상태였다.

그것만으로도 충분한 죄가 되니 빠져나가기가 어려웠다.

"미친……!"

"일단 본사에 있는 데이터베이스들은 모두 폐기시키도록 지시해 놨어요!"

나도명은 천익과 연결점이 없었지만 홍주원은 달랐다.

천익의 이사로 재직된 상태이니, 검찰에서 냄새를 맡고 본사를 조사할지도 몰랐다.

게다가 요원들의 출신도 천익으로 되어 있으니 말이다.

"그건 잘했군. 하지만 일이 이렇게까지 꼬이다니! 고작 기자 나부랭이 하나 제대로 처리하지 못하고! 대체 뭐 하자는 짓인지⋯⋯!!"

그들에게 제일 중요한 대업이 얼마 남지 않은 상황이었다.

하지만 일이 점점 꼬이는 것으로도 모자라 천익의 중추까지 집어삼키려고 했다.

당연히 김정구로서는 어떤 경우보다 지금의 상황을 수습하는 것이 급선무였다.

우우웅! 우우웅!

그때 임설의 핸드폰이 불길하게 울려댔다.

현재 본사에서 데이터베이스를 소각하고 있을 비서실장 조민아에게 온 전화였다.

"무슨 일이야?"

—대표님! 지금 검찰이 수색영장을 들고 본사로 찾아왔습니다!

"뭐⋯? 어떻게 벌써⋯⋯."

예상보다 일이 너무 빨리 진행되자 그녀로서는 깜짝 놀

랄 수밖에 없었다.

—애초부터 우리를 조사하고 있었던 것 같습니다.

"나오기 전에 지시했던 데이터베이스와, 홍주원 이사의 자료는 모두 소각했겠지?"

—그, 그게…….

"설마 문제라고 생긴 거야?!"

조민아가 말을 흐리자 임설의 언성이 더욱 높아졌다.

—아까부터 몇 차례나 시도 중인데 소각 프로그램이 먹히지 않습니다.

"그럼 부숴서라도 치워버려!"

검찰이 어떤 명목으로 수색영장을 가져왔을지는 너무도 뻔했다.

퇴직한 천익 경호원들의 총기 소지와 홍주원 이사 검거, KBC보도국 기자까지 납치하여 살해하려고 했으니 천익과 관계된 것을 알아냈다고 볼 수 있었다.

—아, 알겠습니다.

통화가 끊겼음에도 임설은 거칠어진 숨을 고르지 못했다.

이대로라면 모든 것이 검찰의 손에 넘어갈 것이 분명했다.

"데이터베이스까지 말썽이라던가?"

"그렇다고 해요. 일단 조치하라고 했으니 어떻게든 되겠죠."

과거에 데이터베이스가 털렸지만 그동안 복구하면서 새롭게 입수된 정보들이 축적되어 있었다.

당연히 불법자금을 움직인 계좌라든지 휘하에 둔 기업들에 대한 정보들도 있어서 천익에게 아주 위험했다.

"미친개한테 제대로 물린 듯싶군."

"어떻게 하죠? 부순다고 해도 소각 처리는 제대로 하지 못할 거예요."

"흠⋯⋯."

방금 전까지 노성을 터뜨렸던 김정구는 냉정을 되찾고 차분하게 생각해보았다.

그리고 이내 어쩔 수 없다는 듯이 고개를 저으며 임설을 똑바로 쳐다봤다.

"방법이 있는 거예요?"

"이 상태라면 어쩔 수 없어. 당신이 고생 좀 해줘야 할 것 같네."

"⋯제가요?"

검찰에서 천익의 데이터베이스를 조금이라도 수거한다면 불법적인 증거가 드러날 수밖에 없었다.

천익의 대표이사인 임설은 그렇게 드러난 증거에서 벗어나기기 당연히 어려웠다.

"조금만 고생하고 있으면 돼. 앞으로 천익은 내가 맡아

서 대업이 완성될 때까지 버텨보겠네."

"……."

증거들이 드러나면 임설의 구속도 확정될 것이다.

그렇게 되면 천익은 당장 머리를 잃게 된다.

다른 임원들이 있기는 해도 대표 자리가 공석인 상태에서 기업을 운영하기란 불가능했다.

게다가 꼼수를 부릴지도 모르는 임원의 존재도 불확실하니 흔들리지 않을 사람이 필요했다.

"우리 아들이 대통령만 되면 모두 해결될 일이야."

"그건 그렇죠."

지금까지 임설은 꼭두각시가 되어 천익을 운영해 왔을 뿐이었다. 물론 그녀도 여러 악행들을 저질러 왔지만 실제로 모든 일을 벌여 온 것은 남편 김정구이니, 조금 억울함 감도 있었다.

"앞으로는 내가 모든 것을 해결할 테니 믿어주게. 내가 당신을 지독한 곳에서 오래 있도록 하겠어?"

자리에서 일어난 김정구가 임설의 양 어깨를 잡았다.

친아들을 고아원에 보낸 뒤로 처음 보이는 모습이었다.

"알았어요. 모든 일이 잘 풀리면 우리 아들도 볼 수 있을 테니까요."

"암, 그렇고말고!"

결정이 내려지자 김정구는 그녀를 끌어당겨 품에 안아주

었다.

—지금 거신 번호는 결번이오니, 확인하신 뒤…….

경찰에게 구해진 이태용은 몇 번이고 정민수에게 전화를
걸었다.

처음에는 꺼져 있다고 나오더니, 이내 번호 자체가 없어
져버렸다.

"이 녀석은 대체 어떻게 된 거야?"

지금 그는 회사로 복귀한 상태였다.

납치되었을 때 큰 부상은 없었지만 회사에서 나름대로
휴가를 주어서 이틀 정도를 푹 쉬고 나왔다.

"뭐 해?"

황재운이 미간을 찌푸린 채 물었다.

"아닙니다. 그보다 제가 올린 아이템은 어떻습니까? 이
거라면 천익에서 숨겨 온 악행에 대해 특집 기사까지 가능
하지 않겠습니까?"

현재 천익의 홍주원 이사와 정체불명의 사내로 알려진
나도명은 검찰에서 조사받는 중이었다.

게다가 천익까지 털면서 데이터베이스에 남은 증거까지
확보했다.

누구든 빠져나갈 수 없었기에 대표이사인 임설까지 구속되어 수사가 진행되었다.

당연히 이태용이 준비한 뉴스 아이템은 엄청날 수밖에 없었다.

그러나 황재운의 표정은 여전히 좋지 못했다.

"잠깐 이리 와봐."

황재운은 이태용을 불러 회의실로 들어갔다.

무슨 중요한 이야기를 하려는지 블라인드까지 쳐서 안쪽을 볼 수 없게 만들었다.

"왜… 그러십니까?"

황재운은 담배를 하나 꺼내 물더니 이태용이 제출했던 아이템 서류를 테이블 위에 내려 놨다.

"후우… 자네. 지금 시국이 어떤 때인데 이런 기사를 내려고 하나?"

"이런 상황이니까 더욱 내보내야 하는 것 아닙니까!"

검경합동수사본부에서 거대 기업들을 들쑤시고 있었다.

당연히 그곳에서 일하는 직원들이나 관계된 기업들이 혼란에 빠지면서 요란스러워졌다.

하지만 문제는 문제였다.

그것을 방치할 수 없기에 이태용은 그 말을 할 수 없었다.

"이번에 우리 KBC본사에서 주주총회가 이뤄졌던 건 알지?"

"듣긴 했습니다."

"거기 대주주로 누가 나왔는지 알아? 천익의 대표로 새롭게 취임한 김정구 대표이사님이야. 그런데 이런 기사가 말이나 된다고 생각하냐?"

이태용의 표정이 딱딱하게 굳어 갔다.

"어, 어떻게……."

"거기서 네 이야기도 나왔다더라. 홍주원 이사라는 사람이 독단적으로 천익을 모함하는 기사를 막으려다보니 과격하게 행동한 것이라고 말이야."

"말도 안 됩니다! 그런 사람들이 총까지 들고 다닙니까?! 애초부터 위에서 지시를 받았단 말입니다!!"

이태용은 정민수와 함께 조사하면서 천익의 배후에 김정구가 있다는 것을 알아냈다. 그러니 지금 상황도 자신을 막기 위한 일환이라고 생각했다.

"하하하! 고작 기자 하나 막으려고 그랬다는 게 가당키나 하냐? 아무튼 이 기사는 죽으로도 못 쓰니까 태워버리든가 해."

"캡! 이건 부당합니다!"

밖으로 나가려던 황재운이 발걸음을 멈춰 섰다.

그리고 뒤로 돌더니 무서운 표정으로 다가왔다.

"넌 지금 상황을 보고도 모르겠냐? 김정구 대표가 대주주로 나타나서 아무것도 안 했겠어?"

"뭘… 해줬단 말입니까?"

더욱 불길해진 이태용은 말투가 조심스러워졌다.

"요즘 기업들이 난리잖아. 그렇다면 우리한테 뭐가 문제겠어? 방송 투자는 점점 어려워지고, 광고까지 떨어져 나가는 상황이야."

"천익에서 투자해줬다는 말입니까?"

어디서 얻은 정보인지는 모르겠지만 황재운이 계속해서 말을 이었다.

"그것뿐만 아니라 투자처도 연결시켜줬지. 이런 상황인만큼 너도 잘해야 할 거다. 더 이상의 쓸데없는 짓은… 위에서도 지켜보기가 힘들어."

그 말을 끝으로 황재운은 회의실 밖으로 나갔다.

혼자 남게 된 이태용은 그가 두고 간 자신의 뉴스 아이템 서류를 집어 들었다.

힘겹게 살아 돌아왔는데 결국 이 꼴이었다.

언론은 이미 정체불명의 음모를 꾸미는 천익의 손에 떨어지고 있었다. 당연히 진이 빠질 수밖에 없었다.

"그래… 민수가 다니던 곳으로 가보자."

이태용은 정민수가 다니던 네이처펀치를 떠올렸다.

그래서 곧장 밖으로 나가 차를 몰아서 인천으로 향했다.

네이처펀치 건물 앞에 도착한 이태용은 곧장 올라가 문을 열고 들어갔다.

　저번에 보았던 몇몇이 보였다.

"무슨 일이시죠?"

　예전에도 말을 걸었던 여직원이 물어왔다.

"저기… 정민수라는 직원 있습니까? 제가 저번에도 찾아왔는데요."

"아, 그때 오셨던 분이시구나. 민수한테 듣기로는 KBC 보도국 기자시라던데."

"맞습니다. 그보다, 민수는요?"

　그의 물음에 여직원이 고개를 절레절레 저었다.

"민수는 이틀 전에 그만뒀어요. 직접 오지도 않았고, 그저 편집장님한테 문자만 보내고 안 나오더라고요."

"예……?"

　어이없어하던 이태용은 여직원의 시선을 따라 사무실 중앙에 앉아 있는 40대 중년 사내를 보았다.

　그는 대화를 계속 듣고 있었는지 자리에서 일어나 천천히 다가왔다.

"어이! KBC기자시라고?"

"그렇습니다. 정말 민수가 그만둔 겁니까?"

　네이처펀치의 편집장이자 대표인 김홍윤이었다.

　그는 기분이 나쁜지 얼굴이 붉으락푸르락했다.

"문자로 사직서 보낸 그 새끼를 왜 찾는 건데?"

"제가 납치당했을 때 구해줬습니다. 그러고서 연락이 안 되어 찾아왔습니다."

"그 약골이 누굴 구해줘?"

김홍윤은 직원들과 회식했다가 시비가 붙었던 적이 있었다. 그때 정민수도 있었는데 싸움은커녕 자신과 비슷한 사내에게 맞기만 했다.

"…약골이요?"

"싸우지도 못하는 녀석이 누굴 구해줍니까!"

하지만 이태용은 천익의 비밀아지트에서 정민수가 10명도 넘는 사내를 순식간에 쓰러뜨리던 것을 직접 목격했다.

당연히 김홍윤의 말을 믿기가 어려웠다.

"거짓말이 아닙니다! 그리고 저에게 이런 뉴스 아이템을 보여주고, 같이 조사까지 했단 말입니다!"

이태용이 들고 있던 서류를 내밀어 보이자 김홍윤의 눈이 점점 크게 떠졌다.

"이, 이게 민수가 조사하던 거라고?"

"맞습니다. 녀석은 이번에 터진 천익을 포함해 관련된 비밀들을 조사하고 있었습니다."

김홍윤은 그의 손에서 서류뭉치를 뺏어들더니 자세히 훑어보았다.

종이에는 폴더 이름으로 저장되어 있던 자료들이 빽빽하

게 쓰여 있었다.

"흠… 이게 사실이란 말인가?"

"맞습니다. 저도 천익에게 납치당했다가 민수의 도움으로 살아나왔습니다."

다른 언론사의 뉴스로 보도되기는 했다.

그러나 피해자의 신변보호를 위해 이름이나 직업이 등이 공개되지 않아서 인터뷰할 수 없었다.

"…정말 당신이라고? 그런데 KBC에서는 그런 뉴스 하나도 나오지 않던데."

처음 납치사건 때는 보도되었지만 다음에는 아니었다.

김정구가 대주주로서 힘을 써 놨기 때문이다.

"내부에 사정이 있었습니다. 그보다 민수가 사는 집주소나 다른 전화번호는 없는 겁니까?"

이태용의 입장에서 정민수는 정의(定意)의 사도였다.

직접 나와주기만 하면 이번 일에 대해 밝히는 것으로도 모자라 국민들에게 직접 확인시켜줄 수도 있었다.

"있었으면 내가 당장이라도 끌고 왔겠지. 약골임에도 불구하고 정보력은 꽤 쏠쏠해서 좋았거든. 광고도 척척 물어오고 말이야."

"그 녀석 능력이야 그렇지만… 정말 방법이 없는 겁니까?"

낙담한 이태용은 고맙다는 말이라도 전하고 싶었다.

"집에도 찾아가봤지만 위장이었어. 원래 프리랜서라고 하던데… 그 습관이겠지."

남들의 뒤를 캐는 프래린서는 목숨의 위협을 받을 수도 있기에, 자신의 흔적을 남길 만한 정보는 되도록 드러내지 않았다.

"하아…….."

"그보다, 이런 뉴스면 KBC에서 고이 모셔 뒀다가 터뜨릴 것이지… 이렇게 막 가지고 다녀도 되나?"

김홍윤도 대표 언론사에서 일하던 기자였다.

열심히 일하여 보도부장까지 올랐지만 사회와 유착한 언론사의 부조리에 지쳐서 예전에 퇴직했다.

그런 불합리한 현실에 대항해보기 위해 나름대로 투자를 받아 지금의 네이처펀치를 세우게 된 것이다.

"KBC에서는 내보내지도 못합니다."

이태용은 한숨을 흘리면서 처음 본 김홍윤에게 KBC의 현 상황을 설명해주었다.

그러자 김홍윤은 미간을 잔뜩 찌푸리더니 담배를 하나 꺼내 물었다.

"편집장님! 여기는 금연이라니까요!"

"엿 같은 기분에 담배까지 못 피면 어쩌라고!"

여직원의 반발에도 김홍윤은 담배에 불을 붙이더니 깊게 한 모금 빨아들였다.

"후우… 어딜 가나 윗대가리들이 문제지."

"그런데 혹시 예전에 저랑 만난 적 없으십니까?"

"응? 이제야 기억하냐? 5년 전 국회의원 뇌물수수 사건으로 인터뷰할 때 봤지."

"아, 맞네요. MBS보도국 기자셨죠? 그 이후에 보도부장까지 지내신 걸로 아는데…….

김홍윤은 자신을 떠올린 이태용의 말을 들으며 미소를 지었다.

"맞네. 언론사가 X같이 변해서 때려 치고 나왔지."

"무슨 일이라도 있으셨던 겁니까?"

보도부장이라면 상당한 직위였다.

게다가 라인만 잘 타면 국장까지 오르는 데 탄탄대로일 수도 있었다.

아무리 회사 생활이 힘들어도 그만두기에는 아까운 자리일 수밖에 없었다.

"그럴 일이 좀 있었지. 지난번에 자네를 잠깐 보고서 긴가민가했는데 맞았나보네."

두 사람은 반갑다는 듯이 악수를 나눴다.

언론인들은 서로 경쟁도 심했지만 한편으로는 나름의 동지의식도 갖췄기 때문이다.

"오랜만에 뵙게 되어서 반갑습니다. 미처 인사드리지 못했네요. 그보다… 여기는 언제 창간하는 겁니까?"

정민수에게 들었을 때나, 찾아왔을 때도 준비 중이라고만 했다.

"이번 투자만 마무리되면 창간 준비에 들어갈 거야."

"그러고 보니… 어디서 투자를 받는 겁니까?"

인터넷 신문사라고는 해도 사무실 운영에 대한 비용은 준비하는 동안에도 계속 빠져나갔다. 직원이 10명 미만이라고는 하지만 적지 않은 자금이 들 수밖에 없었다.

"예전에 인연이 있던 기업들에게 광고 계약을 좀 받았지. 그리고 민수 녀석이 물어온 것으로 유지비에 썼고 말이야."

"그것만으로는 부족하지 않겠습니까?"

대형 언론사도 아니고, 고작 인터넷 신문사에서 받을 수 있는 광고에는 한계가 있었다.

KBC보도국 기자인 이태용도 그 사실을 알기에 심히 걱정되었다.

"안 그래도 오늘 대형 투자자가 오기로 했어. 그것 때문에 신경이 예민해져서 죽겠다."

방금 전까지만 해도 그에게 버럭버럭 화를 내던 김홍윤은 그가 예전에 알고 지냈던 이태용이라는 사실을 알고 나서는 자세히 설명해주었다.

"대형 투자자요? 얼마나 지원해주기로 했기에 그런 겁니까?"

보도부장이 되기 전, 김홍윤은 사건을 사정없이 물고 뜯어서 불독이라고 불렸을 정도였다.

그런 언론계 선배가 긴장했다고 하니 이태용은 내심 놀랐다.

"모이라이."

"그… 차준혁 대표가 운영하는 모이라이요?"

방금 전보다 더욱 놀란 이태용은 김홍윤을 뚫어지게 쳐다보았다.

"맞아. 이번에는 언론계 쪽으로 투자 지원한다면서 연락해 왔어. 그래서 돌아버릴 지경이고."

주변 직원들은 투자를 위한 PPT를 바쁘게 준비하고 있었다. 보통 기업도 아니고, 모이라이에서 온다고 했으니 당연한 반응이었다.

"거기서 언론사까지 계열사로 두려는 거랍니까?"

이태용의 물음에 김홍윤은 어깨를 으쓱거렸다.

"나야 모르지. 갑자기 연락이 와서는 이번에 언론사 투자 계획이 있다면서 브리핑해줄 수 없겠냐고 하잖아. 우리야 되면 대박이니 덥석 물었지 뭐."

"얼마나 해준다기에 그런 겁니까?"

일반 광고비용이라면 굳이 받을 필요가 없었다.

김홍윤 나름대로 기대치에 도달한 금액이기에 지금처럼 행동하는 것이 분명했다.

"정해진 금액 따위도 없어. 투자처로 결정되면 모든 운영비용을 모이라이에서 책임지겠대."

"허억……!"

이태용은 또다시 놀랄 수밖에 없었다.

"정말 억 소리가 나지? 나도 진짜 심장이 떨어지는 줄 알았다. 아무리 모이라이가 이익보다 이념을 추구한다고 하지만… 이건 말도 안 되지."

현재 국내에서 모이라이가 최고 기업은 아니었지만 지금 이대로만 성장하면 머지않아 가능할 것이다.

그만큼 독보적인 존재감을 보여주고 있으니 김홍윤은 스스로의 예상을 전혀 의심치 않았다.

딸랑!

그때 네이처펀치 현관문에 달린 종이 울림과 함께 사람들이 들어섰다.

"실례하겠습니다."

4명의 사내와 1명의 여성이었다.

현관 앞쪽에 서 있던 김홍윤과 이태용은 그들을 보다가 낯익은 얼굴을 발견했다.

"차, 차……."

방금 전까지 이야기의 주제였던 차준혁이 직접 방문한 것이다.

고작 언론사 투자였기에 기껏해야 관계자가 오리라 생각

했던 두 사람은 크게 놀란 표정이었다.

"모이라이의 대표, 차준혁이라고 합니다. 언론사 투자 계획을 위해 찾아왔는데… 대표님은 안에 계십니까?"

차준혁이 먼저 말을 걸자 완전히 얼어 있던 직원들의 시선이 김홍윤을 가리켰다.

그제야 정신을 차린 김홍윤은 뒤로 돌아 자신의 옷매무새부터 정돈했다.

"반갑습니다. 제가 네이처펀치의 대표 김홍윤이라고 합니다."

"아, 그러셨군요. 몰라 봬서 죄송합니다."

"전혀요! 괜찮습니다! 아, 안으로 들어가시죠."

지금 차준혁의 옆에는 지경원과 신지연, 경호원 2명이 함께였다. 그들은 김홍윤의 안내를 받으며 회의실로 걸음을 옮기려고 했다.

하지만 차준혁이 걸음을 급히 멈추자 쳐다볼 수밖에 없었다.

"혹시 KBC보도국의 이태용 기자님이 아니신가요?"

"…예? 절 아십니까?"

다른 직원들처럼 얼어 있던 이태용은 자신을 알아본 차준혁의 물음을 이해하지 못했다.

"KBC의 이태용 기자님 맞으시죠? 예전에 제 특집 찍을 때 계시지 않았습니까."

186

"아… 그렇긴 한데… 그걸 기억하십니까?"

특집방송을 찍은 지도 상당한 시간이 지났다.

게다가 말을 걸었던 것도 아닌데 차준혁은 정확하게 이 태용을 기억하고 있었다.

"제가 웬만하면 봤던 사람은 잊어버리지 않아서요. 그리 고 특집방송 준비하신다고 고생하셨지 않습니까. 그런데 여긴 무슨 일로……?"

차준혁은 정민수로 위장하여 지내면서 그와 친분을 쌓았 다. 그리고 우연인 것처럼 천근초위에 관한 정보를 보여주 며 지금의 의구심까지 품게 했다.

물론 그가 여기에 와 있는 것은 알지 못했다.

우연히 만나게 되자 어떠한 생각을 가지고 있는지 알고 싶었을 뿐이었다.

"누굴 좀 만나러 왔습니다."

"그렇습니까? 다음에 기회가 되면 뵙도록 하죠."

다시 걸음을 옮기던 차준혁의 시선이 사무실 가운데 벽 에 걸린 액자로 옮겨졌다.

가훈 같아 보이는 문장이 커다란 글씨로 쓰여 있었다.

진실은 가릴 수 없다!

"저건 사무실의 이념인가요?"

안내하려던 김홍윤이 옆으로 다가와 입을 열었다.

"맞습니다. 저러한 신념을 가지고 현재 어지러운 사회 속에서 진실을 밝혀내고자 네이처펀치를 세웠습니다."

"좋군요. 그러나 어떤 진실이든 조심해야 하지 않을까 싶습니다. 모두가 믿던 진실이 거짓일 수도 있으니 말입니다."

그사이 이태용은 사무실을 나가려다가 귀에 익은 대사로 인해 멈춰 설 수밖에 없었다.

"누구나 믿던 진실이 거짓이라면 어쩌시게요?"
"누구나 믿던 진실이 거짓이란 걸 밝혀주셔야 하니까요."

그것은 정민수의 말버릇이었기 때문이다.

짧은 기간이지만 천익에 대해 조사하면서 친해진 덕분인지 떠올릴 수 있었다.

"정민수……?"

뒤로 돌아선 이태용은 차준혁의 목소리마저 귀에 익은 느낌이었다.

그 탓에 자신도 모르게 정민수의 이름을 조용히 중얼거렸다.

하지만 너무 작은 목소리였기에 아무도 듣지 못했다.

"에이, 내가 무슨 소리를 하는 건지……."

이내 스스로 헛소리를 했다고 생각한 이태용은 서둘러 네이처펀치 사무실을 나섰다.

사무실에 있던 차준혁은 고개를 살짝 돌려 밖으로 나간 이태용을 보고 있었다.

지금의 상황을 보아 조사했던 뉴스 아이템을 순탄하게 보도할 수 없게 되자 정민수를 찾아온 것이 분명했다.

'그곳에서 오래 버틸 수 없겠군.'

KBC에서 벌어진 주주총회는 차준혁도 잘 알고 있었다. 물론 김정구의 등장과 함께 천근초위와 관계된 뉴스가 모두 중단되었다는 것도 말이다.

"조금 짓궂으신 거 아니에요?"

옆에 서 있던 신지연이 미소를 짓고 있는 차준혁에게 조용히 물었다.

"뭐가요?"

"얼마 전까지 형, 동생하면서 지냈던 사람을 가지고 논 것처럼 보이잖아요."

"그랬나요?"

차준혁은 더욱 진한 미소를 그려 보이면서 회의실로 걸어갔다.

다급한 순간일수록 숨을 골라야 한다

천근초위의 멤버들은 서울 근교에 위치한 고급 요정으로
모였다.

김정구, 문진원, 변종권, 오준용, 오평진.

이 5명은 어느 때보다 심각한 표정을 짓고 있었다.

긴 침묵이 이어지다가 문진원이 먼저 말을 꺼냈다.

"다들 아시다시피 상황이 좋지 않습니다. 송해국 사장은
지금까지 우리를 도와 조작해 오던 사건으로 인해 검찰에
송치되었고, 박승대 원장 또한 과거에 수습했던 사건에 연
루되어 조사받고 있으니 말입니다."

그의 말처럼 천근초위는 중요한 정보의 핵심이었던 두

곳을 잃게 된 상태였다.

"게다가 천익도 임설 대표가 체포되면서 피해를 입었으니 가관이지요."

미더스물산의 오평진이 비릿한 미소를 지어 보였다.

지금의 사태가 천익이 벌이다가 실패한 일 때문에 벌어진 것이라고 생각했기 때문이다.

이에 국회의원 변종권이 나섰다.

"오 회장께서는 적당히 하시지요. 지금 싸우자고 모인 것이 아니지 않습니까."

"누가 뭐랍니까? 있는 그대로의 사실을 말한 것이지 않습니까."

발끈한 오평진은 변종권을 노려보다가 문진원과 김정구에게 시선을 옮겼다.

두 사람도 이번 사태에 한몫한 이들이었기 때문이다.

그와 눈이 마주친 문진원이 다시 입을 열었다.

"큼큼! 진정하시지요. 지금은 누구의 잘못을 탓할 것이 아니라 사태 수습이 필요합니다. 일단 여러분들의 도움으로 천익과 언론사들은 김정구 대표가 수습하고 있습니다."

김정구를 비롯하여 오평진과 문진원이 중앙 언론사 세 곳의 대주주가 되었다.

그 외에 다른 대주주들을 설득하는 데 성공하여 천익과

다른 문제가 보도되는 것을 막아낼 수 있었다.

물론 아무런 조건도 없이 설득하기는 어려웠다.

축적해둔 비자금을 사용하여 해당 대주주들에게 거액의 뇌물을 먹였다.

결국 돈과 돈이 맞물리는 세상이니, 해결방법도 돈이면 충분했다.

"기분 좋게 도와준 것은 아니지요."

언론사들의 주식을 급하게 끌어모으느라 다들 무리한 상태였다. 그렇다고 무시할 수도 없는 노릇이니, 내키지 않아 했던 오평진으로서는 불만이 많았다.

"맞습니다. 이번 일로 오 회장님께서 여간 무리하신 것이 아닙니다. 그건 당대표께서도 마찬가지 아닙니까."

오평진의 사촌동생인 오준용이 일침을 놓으며 한민국당 변종권에게 불만을 보였다.

그와 동일한 이념으로 당원이 되었지만 이익은커녕 수습하기 일쑤라 더 이상 참지 못했다.

분위기는 점점 날카로워졌다.

밝은 형광등 불빛이 그들의 싸늘하고 어두운 태도 탓에 침침해지는 것만 같았다.

침묵을 지키고 있던 김정구는 그런 사람들을 한 번 둘러보고서 천천히 입술을 뗐다.

"제가 여러분들을 볼 낯이 없군요. 하지만 다들 아시다시피 우리에게는 가장 중요한 계획이 남아 있습니다. 어떤 녀석들인지는 모르지만… 계획만 성공하면 모든 것을 회복할 수 있습니다."

차기 대권주자인 김태선을 말함이었다.

그가 대통령에 오르기만 하면 김정구의 말처럼 모든 것을 수복하는 것으로도 모자라 더한 이익을 만들어낼 수 있었다.

"크음……!"

그의 주장에 모두가 말을 잇지 못했다.

애초에 그 계획을 세우고, 실행하는 데 주력한 것은 김정구를 비롯한 문진원과 변종원이었기 때문이다.

그중 이번 사태를 만든 것은 김정구와 문진원이었지만 큰 대업을 이루기 코앞이니 더 이상 따지기가 어려웠다.

"다들 아시다시피 이번에 제 아내가 구속되면서 천익의 데이터베이스가 검찰로 넘어갔습니다. 지금 상황대로라면 여타 부정들이 드러나겠지요."

데이터베이스에는 불법으로 처리한 기업의 주식 정보와 남겨둔 우량기업으로 받아들이고 있는 자금의 흐름이 저장되어 있었다.

암호가 걸려 있어 당장은 풀지 못하겠지만 만약 모든 것이 드러나면 천익을 유지하는 것이 불가능했다.

그로 인해 답답해진 오평진은 위험한 과정뿐인 결과에

아까보다 언성을 높였다.

"그럼 어쩔 생각입니까?"

"최종적으로 저까지 구속될 겁니다. 그전에 중요한 일들을 수습해 놓겠습니다."

"김정구 대표가 모든 것을 안고 들어가시겠단 말입니까?"

그것은 지금까지 김정구가 표면적으로 이뤄 놓은 것을 포기하겠다는 말과 같았다.

이에 다른 이들은 놀랄 수밖에 없었다.

"최악의 사태일 때 그럴 것입니다. 일단은 제 아내가 모든 것을 감수할 것이니 안심하셔도 됩니다."

임설이 원하던 것은 아니었다.

그러나 최종 계획을 무사히 실현시키기 위해서는 천근초위가 드러날지도 모르는 지금의 상황부터 수습해야 했다.

결국 어쩔 수 없이 그녀가 모든 것을 뒤집어쓰고 들어간 것이다.

"…각오가 대단하군요."

역성만 내던 오평진은 그런 김정구의 행동에 감탄사를 흘렸다.

그러자 문진원도 고개를 끄덕이며 말을 덧붙였다.

"모든 것은 우리 천근초위를 위한 일이기 때문이지 않습니까."

"다만… 한 가지 약속을 해주셨으면 합니다."

김정구가 조건을 덧붙이자 분산되던 다른 이들의 시선이
다시 모여들었다.

"뭡니까?"

"이번 실패에서도 정체불명의 조직을 밝혀내지 못했습
니다. 다만 조사하던 과정에 의하면 우리가 목표인 것은
분명합니다."

"흔적을 찾았단 말입니까?"

김정구는 준비해 온 서류를 그들에게 나눠주었다.

인원수에 맞춘 것이기에 각자 하나씩 챙겨볼 수 있었다.

[태백에 숨겨져 있는 비밀 마을]

[지구당교 사람들의 숨겨진 비밀]

[흑색바다 앞에 숨겨진 비밀 요양원]

[세상 속으로 숨어든 친일파 기업]

[블루세이프티의 숨겨진 모체는 천익!]

서류에는 네이처펀치 정민수 기자로 위장했던 차준혁이
이태용과 조사했던 정보가 세세하게 적혀 있었다.

당연히 다른 이들은 몰랐던 정보를 알게 되자 표정이 굳
어버렸다.

"이걸 어떤 녀석들이 조사했단 말입니까?"

"창간되지 않은 네이처펀치라는 인터넷 신문사에 정민수 기자가 시작했더군요."

"처리하신 것이겠지요?"

오평진과 오준용의 표정이 험악해졌다.

서류를 대략적으로 훑어봐도 천근초위의 행적을 쫓던 것이 분명했기 때문이다.

다만 그 일을 미리 알고 있던 문진원과 변종권은 차분했다.

이 상황에서 자신들까지 화를 내봤자 좋아질 것이 없다는 것 또한 잘 알았다.

"진정하시지요."

문지원이 그들을 말려봤지만 다시 분위기가 험악해져 갔다.

"이게 진정할 일입니까?! 우리의 정체를 까발리려고 준비까지 한 상황이지 않습니까! 빨리 말해보세요! 당연히 처리했겠지요?!"

그 물음에 김정구가 어렵사리 입을 뗐다.

"실패…했습니다."

"뭐라고요?!"

"그 실패로 인해 제 휘하에 있던 홍주원 이사와 나도명 거기에 제 아내까지 구속된 것입니다."

"그럼 기자 나부랭이를 납치해서 잡혔다는 것이……."

"맞습니다."

오평진은 어이가 없다는 것이 탄식부터 흘렀다.

"어허……."

"하지만 그 덕분에 정체불명의 조직에 대한 단서를 잡았습니다. 우리를 조사하던 정민수라는 녀석을 찾아낸다면 알아낼 수 있을 겁니다."

정민수의 존재는 언론사를 통해 알아낸 상태였다.

뒤늦게 상황이 벌어져 수습하기가 어려웠지만 가능성을 찾은 것이다.

"확실합니까?"

"믿고 기다려주시죠."

이미 김정구가 최악의 사태에 모든 것을 뒤집어쓰겠다고 결정내린 후였다. 구두로만 한 약속이지만 각자의 입장이 있으니 지키지 않을 수는 없었다.

자칫 그 약속을 어길시 지옥보다 더한 죽음이 기다리고 있을 테니 말이다.

또다시 문진원이 나서서 그들을 진정시켰다.

"자, 이제 서로 으르렁거리던 것은 멈추고 앞으로의 일을 논의하도록 하지요."

분위기가 차분하게 가라앉았다.

그 정도로 김정구가 크나큰 각오를 보여준 덕분이었다.

물론 100% 신뢰할 수 없는 관계였지만 다른 천근초위 멤

버들은 일단 믿고 가보기로 했다.

 차준혁은 네이처펀치를 비롯해 진실 구현을 위한 몇몇 인터넷 신문사들의 투자를 결정지었다.
 지금은 그 규모가 작지만 향후 중앙 언론사보다 커다란 여파를 끼칠 정도로 유명해질 곳이었다.
 물론 미래를 알고 있는 차준혁이기에 가능한 방법이었다.
 똑똑.
 "뭐 하고 있어요?"
 그때 노크 소리와 함께 신지연이 사무실로 들어섰다.
 "밀린 서류를 검토하고 있었죠."
 "그 서류들은 지경원 본부장이 결제까지 마무리한 것들이잖아요."
 신지연의 말처럼 차준혁이 정민수로 지내는 동안 최종 결제 업무는 지경원이 맡아 왔다.
 웬만한 것은 부장 라인과 임원 라인에서 결정되지만 콩고민주공화국과 신약 개발 관련 사업 쪽은 조심해야 하기 때문에 직접 확인해야 했다.
 "그렇다고 안 읽어볼 수는 없잖아요. 나름 대표직인데

굴러간 상황을 파악해 놔야죠."

거의 5주 동안 자리를 비웠던 탓에 밀린 서류가 산더미였다. 그나마 꾸준히 확인해 온 덕분에 지금은 3할 정도만 남아 있었다.

"정말 열심히 시네요."

"먹여 살릴 사람이 점점 늘어나니 노력해야죠. 싸우는 데만 썼던 머리라 고생이 이만저만 아니지만요."

과거로 돌아오기 전 차준혁은 군인으로 시작해 손에서 총을 놓은 적이 없었다.

언제나 죽음을 곁에 두고 살아왔기에 기업과는 거리가 멀었다.

아픈 과거였지만 신지연에게 하는 말인 만큼 일부러 우스갯소리처럼 꺼낸 말이기도 했다.

"왜 그런 말을 해요."

그녀가 안쓰럽게 쳐다보자 차준혁은 자신이 실수했다는 것을 깨달았다.

"…미안해요. 괜히 분위기가 진지해질까봐 그런 건데… 실수했네요."

차준혁은 슬픈 얼굴을 한 신지연의 손을 잡아주며 진심으로 사과했다.

"앞으로는 그런 말 하지 말아요. 알았죠?"

"알았어요."

두 사람은 속삭이듯이 대화가 이어지자 점점 거리가 가까워졌다. 이윽고 서로의 얼굴이 코앞까지 다가왔다.

똑똑!

하지만 갑작스런 노크 소리에 차준혁과 신지연은 급하게 거리를 벌릴 수밖에 없었다.

"드, 들어오세요!"

차준혁이 소리치자 무덤덤한 얼굴의 지경원이 안으로 들어섰다.

그런데 묘한 분위기가 눈에 띄자 지경원은 고개를 갸웃거렸다.

"무슨 일 있으셨습니까?"

"아, 아니! 아무것도!"

그 대답으로 인해 지경원의 시선이 신지연에게 향했다.

지금 그녀는 너무 놀라서 아무것도 걸려 있지 않은 벽을 보며 서 있었다.

"…조금 있다가 다시 들어올까요?"

지경원은 임수희를 만나면서 눈치라는 것이 조금 생겼는지 상황을 대략적으로 알아차렸다.

"아니야! 무슨 일이야?"

자리에서 일어난 차준혁이 소파에 자리를 잡고 앉았다.

그러자 지경원도 대각선에 함께 착석했다.

"전해드릴 것이 있어서 말입니다."

그 말과 함께 지경원은 차준혁의 앞으로 분홍색 사각봉투를 내밀었다.

"응? 이게 뭔데?"

"…뭐예요?"

봉투 색깔이 의미심장해 보였기에 벽을 보고 있던 신지연도 조심스럽게 다가왔다.

"청첩장입니다."

"누가 결혼해?"

차준혁은 봉투를 열어보았다.

그의 말처럼 정말 청첩장이었다.

그런데 이내 신랑, 신부의 이름을 보고 깜짝 놀랄 수밖에 없었다.

"제가 결혼합니다."

신부 이름에는 임수희라고 쓰여 있었다.

"정말로 지 본부장님이 결혼해요?!"

"예. 그렇습니다."

두 사람이 만나기 시작한 것은 얼마 되지 않았다.

그런 상황에서 예기치 못한 결과가 나왔으니 차준혁은 어이없는 표정을 지어 보였다.

"임 회장님께서 허락하신 거야? 아니, 인사드리러 가긴 했어?"

아무리 임진환 회장이 지경원을 마음에 들어 한다지만

너무 빨랐다.

그러니 한편으로는 너무 무리해서 진행한 것일지도 모른다는 생각에 걱정도 되었다.

"허락하시고, 날짜를 받아 진행했습니다."

"하하⋯⋯."

어차피 지경원과 지효원 남매는 부모를 잃고 친인척도 없는 고아였다.

당연히 허락이 필요한 부모가 없으니 문제가 없었다.

그런 상황에서 임수희의 아버지가 허락했으니 결혼 준비가 일사천리로 진행된 것이다.

"지금까지 그런 말도 없었잖아요. 언제부터 준비한 거예요?"

차준혁과 같이 멍하니 있던 신지연이 물었다.

"한 달 정도 되었습니다. 대표님께서 위장 임무에 들어가셔서 미처 말씀드릴 겨를이 없었습니다."

타이밍이 맞지 않아서 전해 듣지 못했다.

그것은 누구를 탓할 수도 없었다.

"고작 한 달을 준비해서 결혼한다고요?"

다만 여자인 신지연의 입장에서는 번갯불에 콩 구워먹는 것처럼 결혼을 준비한 듯이 느껴졌다.

"여동생도 왜 이리 급하냐고 했지만⋯ 임진환 회장님께서 빠를수록 좋다고 하셔서 말입니다."

임진환 회장은 예전부터 지경원을 호시탐탐 노려 왔다.

그런데 말도 안 되는 소개팅으로 결혼까지 하게 되었으니 이때다 싶었을 것이다.

"너무 빨라요! 근데 프러포즈는 했어요? 아니, 누가 했어요?"

신지연은 궁금증이 커지는지 계속해서 물었다.

솔직히 지경원의 성격이 임수희를 만나면서 점점 부드러워지고 있다지만 프러포즈까지는 아직 힘들다고 여겼다.

"딱히 누가 했다기보다는……."

그가 말을 얼버무리자 신지연이 치고 들어갔다.

"그래도 누구든 말을 꺼냈을 거잖아요."

"아… 수희 씨가 먼저 했습니다. 밥을 먹던 중에 이렇게 만나는 것보다 결혼해서 같이 지내는 것이 편할 것 같다고 해서요."

역시 임수희는 임진환 회장의 기동력을 빼다 닮았다.

그만큼 자신이 결정한 일에 대해 누구보다 앞서서 밀어붙이는 경향이 있었다.

"임수희 씨가 정말 대단하네. 잠깐! 설마 임진환 회장님이 결혼하면 너보고 명천그룹으로 들어오라고 하셨어?"

차준혁은 조용히 감탄하다가 임진환 회장이 지경원을 노리던 것을 떠올렸다.

"그런 말씀이 있으셨지만… 일단 조심스럽게 재고를 부

206

탁드렸습니다."

명천그룹으로 들어오라는 말은 차기 경영권자가 되라는 말이었다.

임진환 회장에게는 외동딸인 임수희뿐이니 사위가 될 지경원이 차기 회장이 된다는 말과 같았다.

"왜?"

"대표님께서 하시는 일이 있지 않습니까. 그리고 저는 대표님이 가라고 하실 때까지 이곳에 있을 생각입니다."

지금의 지경원은 차준혁이 발탁해주지 않았다면 존재할 수 없었다. 그것은 스스로도 잘 알기에 엄청난 조건이 주어진다고 해도 놓지 않았다.

물론 그런 성격 때문에 차준혁이 지경원을 찾아 휘하에 둔 것이기도 했다.

"너도 진짜 대단한 녀석이다."

"결혼식 날에 시간은 괜찮으십니까?"

그 물음에 차준혁은 청첩장에 적힌 날짜를 확인했다.

2주 뒤 주말이었다.

그것조차 너무 빨랐기에 옆에서 같이 확인하던 신지연도 놀란 표정을 지었다.

"무슨 결혼식을 이렇게 빨리해요? 준비는 웬만큼 된 거예요? 집이나 웨딩홀은 다 준비했어요?"

"집은 저희가 임 회장님 댁으로 들어가서 살기로 했습니다. 웨딩홀은 마침 비어 있는 날짜가 있어서 그날로 잡은 것이고요."

어쩌면 번개로 콩 볶아 먹는 것보다 빠를지도 몰랐다.

그 정도로 일사천리로 진행되자 차준혁은 무슨 말을 해야 할지 몰랐다.

"둘이 들어가서 살면… 효원이는요?"

신지연은 그의 여동생인 지효원이 신경 쓰였다.

결혼이야 빨라도 나쁘지 않지만 유일한 가족과 헤어져야 할지도 모르지 말이다.

"맞아. 효원이는 그렇게 해도 괜찮대?"

멍하니 있던 차준혁도 그 부분을 걱정하며 물었다.

"효원이도 같이 들어가기로 했습니다."

"임 회장님이 괜찮다고 하셨어?"

아무리 지경원을 마음에 들어 한다 해도 생판 본 적도 없던 식구들이 늘어나면 문제가 될 수도 있었다.

"저도 그 부분이 조금 고민되었는데… 임 회장님께서 흔쾌히 허락해주셨습니다."

"그래? 그럼 다행이긴 한데…….."

차준혁의 걱정처럼 지경원도 여동생인 효원이 마음에 크게 걸렸다.

얼마 전까지 백혈병을 앓아서 크게 고생까지 했으니 따로 떨어져 사는 상황은 상상조차 하지 못했다.

하지만 두 가족이 만나 식사하면서 깔끔하게 해결되었다.

자기 자신만 알았던 임수희와 달리, 싹싹하고 활발한 지효원을 보며 귀여운 딸이 하나 더 생긴 것 같다고 여겼기 때문이다.

"참석해주실 수 있으시겠죠? 꼭 와주셨으면 합니다."

지경원은 아직도 차준혁이 조금 어려운지 조심스럽게 확답을 기다렸다.

그의 물음에 차준혁은 자신도 모르게 실소가 흘러나왔다.

"경원아. 당연히 가야지. 뭘 그렇게 물어?"

"…감사합니다."

이미 가족이나 다름이 없었다.

그렇기에 차준혁은 냉철하고 딱딱하던 지경원의 부드러운 변화가 더욱 따뜻하게 느껴졌다.

"아무튼 결혼 준비 잘해. 나도 이참에 임 회장님이나 한번 찾아뵈어야겠네."

그동안 천익을 무너뜨릴 계획으로 위장해 있다보니 연락조차 주고받지 못했다.

남동생 같은 지경원을 장가보내는 것이니 여러모로 도와줘야겠다고 생각한 것이다.

"그럼 저는 돌아가보겠습니다."

지경원이 밖으로 나가자 옆에 서 있던 신지연이 청첩장을 뚫어지게 쳐다보며 앉았다.

　"…정말 대단하네요. 이렇게 일사천리로 결혼하다니 말이에요."

　"그러게요. 숙맥인 줄 알았더니."

　"누군 이렇게까지 하는데……."

　그 순간 신지연의 날카로운 눈빛으로 차준혁을 쳐다봤다. 무언의 경고를 하는 것만 같았다.

　"왜, 왜요?"

　"후우… 아니에요. 저는 나머지 업무를 처리하러 나가볼게요. 그런데 임 회장님은 언제 찾아뵐 거예요?"

　대표가 명천그룹의 회장을 만나는 것이니 약속을 따로 잡아야 했다.

　"그쪽에서 괜찮다는 시간으로 알아봐주세요."

　"알았어요. 확인해보고 말씀드릴게요."

　쾅―!

　대답과 함께 밖으로 나가던 신지연은 시위라도 하듯이 문을 세게 닫았다.

　"……."

　이에 차준혁은 그녀에게 실수했다고 생각하며 뒷머리를 긁적였다.

검경합동수사본부의 수장인 유태진은 이번에 천익을 본격적으로 수사하면서 고민이 깊어졌다.

"그동안 얼굴이 알려지지 않았던 나도명을 드디어 잡았지만… 도대체 뭘 꾸미고 있었던 거지?"

나도명의 얼굴은 예전에 헬하운드의 멤버들이 검거되면서 찾아낸 공항CCTV 자료로 알 수 있었다.

당연히 그들과 관계된 것도 입증할 수 있으니 나도명도 절대 빠져나가지 못할 것이다.

하지만 천익과 어떤 관계로, 무슨 일을 하는 것인지까지는 알아내지 못했다.

이번에 같이 검거된 임설과 홍주원도 묵비권만 행사해서 원인 파악이 부족할 수밖에 없었다.

"분명히 그들 사이에 뭔가 다른 것이 있어."

이태용 납치 및 살인미수에 대한 사건은 그가 천익에 대한 허황된 사실을 조사하고 있었던 것이 이유라며 홍주원이 진술만 했다.

천익에서 압수한 데이터베이스 서버 자료는 아직 개봉되지 않았기에 다른 증거를 대기가 어려웠다.

일단 이태용 기자가 연루된 사건의 기소로 묶어둔 것이다.

"후우… 돌아버리겠군."

나도명은 헬하운드라는 용병들과의 관계만 입증되었다.

그런 상황에서 천익과 어떻게 연루된 것인지 알아내지 못하니 답답할 따름이었다.

똑똑!

그가 고민하던 사이, 사무관인 김정훈이 문을 두드리면서 들어왔다.

"무슨 일입니까?"

"저번에 모이라이에 요청했던 암호 해독 전문가가 왔습니다."

"그렇습니까?"

검찰에서도 암호로 잠긴 천익의 데이터베이스를 열기 위해 힘을 써봤지만 소용이 없었다. 그래서 모이라이의 차준혁에게 부탁하여 전문가를 요청했다.

밖으로 나간 유태진은 편한 캐주얼 차림에 더벅머리를 한 사내를 발견했다.

"차준혁 대표께서 보내주신 분이군요. 저는 합동수사본부의 책임을 맡은 유태진 검사라고 합니다."

"이지후라고 합니다."

"……?"

그의 소개를 들은 유태진과 더불어 주변에 서 있던 다른 검사나 사무관, 수사관들이 고개를 갸웃거렸다.

"혹시… 예전에 모이라이의 대표로 지내셨던……?"

이지후의 얼굴은 잘 알려지지 않았지만 이름은 충분히 많은 사람들에게 거론되었다.

현재의 모이라이를 창업하고 초대 대표로 취임했던 사람이었기 때문이다.

비록 2대 대표인 차준혁에게 자리를 넘겨주고 나서 소식이 뜸했지만 알 만한 사람들은 기억하고 있었다.

"하하하… 절 기억하는 분이 계실 줄은 몰랐네요."

"맞군요! 반갑습니다. 그런데 차준혁 대표께서 이지후 전(前) 대표님을 보내신 겁니까?"

"저만 한 사람이 없어서 자청해서 왔습니다."

사람들에게 이지후는 MIT출신의 천재라는 별명으로도 유명했다.

유태진도 그 사실을 알기에 충분한 자격이 있다고 여겼다.

"그랬군요. 일단 안내해드리겠습니다."

유태진의 안내에 따라 이지후는 구석에 위치한 회의실로 들어갔다. 그곳에는 천익에서 압수한 서버의 저장장치들이 산더미처럼 쌓여 있었다.

"이게 전부……."

"맞습니다. 일단 온라인 연결만 끊어놓고, 복사한 뒤 무사한 부분만 재설치해 놓았습니다."

검찰이 천익으로 수색영장을 들고 갔을 때 관계자들이 데이터베이스 장치를 파손시키고 있었다.

급히 말리긴 했지만 이미 부분적으로 고장 난 장치들은 복구가 어려웠다.

"알겠습니다. 그럼 시작해보도록 하죠."

이지후는 중앙에 설치된 컴퓨터로 다가가 등에 메고 있던 가방을 열었다. 그 안에는 암호 해독과 프로그램 분석에 필요한 기기들이 잔뜩 들어 있었다.

"처음 보는 것들이군요."

지금까지 몇 차례나 암호 해독 전문가들이 방문했다.

그러나 다들 최신식 기기들을 가지고 있었음에도 지금의 데이터베이스를 해독하지 못했다.

"제가 독자적으로 개발한 겁니다."

"그런 것도 만들 수 있습니까?"

이지후는 진짜 천재였다.

게다가 미래의 기억을 가진 차준혁의 조언으로, 컴퓨터나 기계계통으로는 누구보다 앞서나가고 있었다.

"MR테크에서 도움을 주거든요."

"하지만… 정말 대단하시군요."

유태진은 더 이상 묻지 못하고 감탄사만 터뜨렸다.

"아무튼 시작해보겠습니다. 이 정도 암호면 오래 걸리지 않을 겁니다."

"정말입니까?!"

다른 전문가들은 며칠이고 시도만 하다가 결국 실패하고 돌아갔다.

그런데 이지후는 자신만만한 표정이었다.

"겉으로만 보기에 복잡할 뿐이지, 조금만 생각해보면 어려울 것이 없습니다. 믿지 못하시겠다면 뒤에서 지켜보시죠. 늦어도 2시간 안이면 끝납니다."

우드득! 우드득!

손가락을 푼 이지후는 장치들을 컴퓨터에 연결시켰다.

그리고 자판을 빠르게 두드리면서 복잡한 암호로 이뤄진 프로그램의 벽을 뚫기 시작했다.

화면을 스쳐 지나가던 C언어들 사이로 이지후는 암호 해독에 필요한 코드들을 입력해 나갔다.

뒤에 서 있던 유태진이나 다른 사람들은 넘치는 긴박감에 침까지 꿀꺽 삼키며 그 광경을 지켜보았다.

어느새 1시간이 바람처럼 지나갔다.

그러던 중 화면이 다르게 바뀌더니 컴퓨터가 장치를 이용하면서 암호의 벽을 뚫어버렸다.

동시에 화면에는 데이터베이스에 저장된 내역들이 주르륵 나열되었다.

"후우… 됐습니다!"

"진짜 열린 겁니까?!"

깜짝 놀란 유태진은 화면으로 얼굴을 바싹 붙였다.

그의 말대로 암호가 완전히 해제되어 데이터베이스에 들어 있는 모든 정보를 확인할 수 있었다.

"보시면 아시잖아요."

"허어……!"

지금까지 방문했던 5명의 전문가들도 며칠 밤을 고생하다 끝내 포기하고서 돌아갔던 암호였다.

그런데 하루도 아니고, 약 1시간 30분 만에 해결한 것이다.

"그럼 저는 돌아가보겠습니다. 안에 든 정보는 천천히 확인해보시죠."

이지후는 다시 장비들을 챙겨서 등에 멨다.

"정말 감사합니다! 그리고 앞으로도 이런 문제가 생길 시에 도움을 부탁드려도 될런지요?"

"하하하. 방금 사용한 암호 해독 프로그램은 나중에 MR 테크를 통해 사용 승인이 들어갈 겁니다. 통과만 되면 사이버수사대에서도 사용할 수 있을 테니 부탁은 필요 없으실 겁니다."

지금도 MR테크에서는 여러 장비들은 경찰이나 군대로 승인 요청을 넣어둔 상태였다.

물론 이미 승인이 떨어져 사용 중인 장비들도 있었다.

그런 식으로 정부와도 독립적인 거래가 이뤄지고 있어서

모이라이는 엄청난 이익을 보았다.

"하지만 까다로운 부분이 생길 수도 있으니 꼭 부탁드리고 싶습니다."

"뭐… 굳이 그렇다면 언제든지 말씀하시죠."

대화를 마친 이지후는 방을 나섰다.

그리고 의미심장한 미소를 지으며 컴퓨터를 확인 중인 사람들을 힐끗 쳐다보았다.

며칠이 지나고, 차준혁은 명천그룹을 방문했다.

"어이쿠! 어서 오시지요!"

업무를 보던 임진환 회장은 차준혁과 신지연이 들어오는 것을 보며 재빨리 자리에서 일어났다.

"그동안 잘 지내셨습니까?"

"너무 잘 지내서 탈이지요."

세 사람 모두 자리에 앉았다.

임진환이 미소를 지으며 먼저 입을 열었다.

"이번 일은 모이라이와 명천그룹 사이에 있는 최고의 경사가 아닐 수 없었습니다. 그렇지 않습니까?"

지경원과 그의 외동딸 임수희의 결혼을 말함이었다.

지금까지 마땅한 후사가 없던 그로서는 최고로 기분 좋

은 일일 수밖에 없었다.

"맞습니다. 그리고 어쩌면 사돈지간이 되는 것일 수도 있겠네요."

차준혁은 지경원을 친동생처럼 여겼다.

임진환도 그 사실을 잘 알기에 그의 말을 부정하지 않고 적극적으로 동의했다.

"그렇지요! 아무튼 정말 기적이라 생각합니다. 하나뿐인 딸자식이 바깥으로만 나돌다가 이렇게 자리를 잡으니……."

명천그룹 임진환 회장은 딸인 임수희가 경영에 관심이 없자 전문 경영인을 앉히려고 했다.

그런데 젊은 나이에 능력이 출중한 지경원을 발견하고 탐이 났다.

솔직히 자신의 딸과 소개팅을 주선했을 때는 이러한 기적이 일어날 것이라고는 상상도 못 했다.

그저 마지막 기회라고 생각하며 주선했을 뿐이었다.

하지만 이런 상황까지 왔으니 임진환으로서는 명천그룹이 완성되었을 때보다 기쁠 수밖에 없었다.

"다행이죠. 그보다 경원이한테 들으니 명천그룹으로 들어와 달라고 말씀하셨다지요."

"아… 그건……."

차준혁이 먼저 말을 꺼내자 임진환은 살짝 난처해했다.

결혼은 경사스러운 일이지만 모이라이에서 중책을 맡은 지경원을 빼오려고 한 것이니 실례라고 여긴 듯했다.

"…죄송합니다. 먼저 차 대표에게 확인하고 물어보려 했지만 중요한 일을 수행하는 중이라 하여…….."

늦게 물어봐도 되었지만 임진환은 예상보다 결혼 준비까지 팍팍 진행되자 참지 못하고 지경원에게 먼저 물어본 것이다.

"저는 따지려던 것이 아닙니다. 결혼하게 되면 경원이가 명천그룹의 사람이 되는 것이야 당연한 일이죠. 그저 중요한 일들이 마무리되기 전까지만 기다려 달라고 말씀드리고 싶었습니다."

차준혁이 말하는 중요한 일이 무엇인지 임진환도 잘 알고 있었다.

바로 천근초위를 뿌리까지 뽑아버리는 일이었다.

대한민국의 목숨을 위협하는 존재들이니, 그들이 해결되지 않는 이상 진정한 평화는 찾아오지 않을 것이다.

"후우… 이해해주셔서 감사합니다. 사실 저도 너무 성급했다고 생각하여 오늘 찾아오신다기에 잔뜩 긴장하고 있었습니다."

"임 회장님이 긴장도 하십니까?"

지금까지 임진환 회장은 누구도 상상하지 못할 고생을 하며 명천그룹을 이루어냈다.

어떤 이보다 무시무시한 경험을 해 왔기에 웬만한 일이
아닌 이상 긴장할 일도 없었다.

"저라도 긴장은 하지요. 특히 예전에 차 대표가 겨레회
의 존재를 알아냈을 때도 그랬습니다."

그때는 임진환뿐만 아니라 겨레회의 모든 수뇌부들이 잔
뜩 긴장했다.

천근초위에게 겨레단이 당했던 전력도 있다보니 또다시
위기를 느낄 수밖에 없었다.

"그때는 저도 긴장되었습니다. 정체를 알 수 없는 조직
이 존재하리라고 누가 생각했겠습니까."

지금은 그 조직이 어떤 시기보다 튼실해졌다.

게다가 IIS라는 독립적인 정보조직까지 세워졌고, 최고
의 기업 중 하나인 모이라이와 은밀한 관계까지 맺고 있으
니 더 이상 흔들릴 일은 생기지 않을 것이다.

"하하하. 아무튼 정말 좋은 일이 겹치는군요. 그런데…
차 대표께서는 결혼을 언제쯤 하시려는 겁니까?"

"…예?"

갑자기 화살이 자신에게 향하자 차준혁은 깜짝 놀라며
제대로 듣지 못했다는 듯이 되물었다.

"결혼 말입니다. 늦은 나이가 아니지만… 정인도 바로
옆에 있으니 빨리 하셔야 하지 않습니까."

"그게……."

차준혁은 조용히 옆에 앉아 있는 신지연에게로 시선을 옮겼다.

저번에 지경원이 청첩장을 주러 왔던 날 이후로 제대로 화가 난 것인지 대화가 없었다.

지금도 마찬가지였다.

명천그룹까지 오는 길에도 몇 마디 나누지 않았다.

"…하긴 해야죠."

"흥!"

눈이 마주친 신지연은 얕게 콧방귀를 뀌며 고개를 돌렸다. 여전히 말하고 싶지 않다는 분위기였다.

"두 분이서… 싸우신 겁니까?"

분위기가 심상치 않자 임진환이 걱정하면서 물었다.

"…아니요. 그런 건 아닙니다."

애초에 차준혁은 신지연을 이길 생각도 없었다.

그녀의 행복만을 원하기 때문에 정말 중요한 일이 아닌 이상 어떤 일이든 그녀를 우선적으로 생각해 왔다.

"하지만 분위기가 몹시 안 좋아 보이는군요."

두 사람 사이는 사무실에 들어왔을 때부터 냉랭했다.

그렇다보니 임진환도 신지연에게 딱히 묻지 못하다가 지금에서야 말을 꺼낸 것이다.

"제가 실수를 좀 해서요. 그리고 결혼 문제는 저도 생각하는 중입니다."

여동생인 차준희도 이동형과 함께 차준혁의 결혼을 기다리고 있었다.

그래야만 자신들도 결혼할 수 있기 때문이다.

차준혁도 그 사실을 잘 알기에 신지연을 오래 기다리게 하고 싶지 않았다.

그러나 천근초위를 무너뜨리기 직전이기 때문에 중요한 일부터 마무리하고 싶었다.

"흠… 결혼은 딱히 정해진 시기가 없다고 봅니다. 물론 차 대표의 입장도 이해되지만 그건 너무 이기적인 생각이 아닐까 싶군요."

임진환은 인생을 몇 배 더 겪어 온 선배였다.

그렇게 연륜이 묻어나는 조언까지 듣자 차준혁의 고개가 절로 숙여졌다.

'그렇지. 지금까지 중요하다면서 시기를 잡지 못했던 것도 전부 내 탓이니까.'

지금까지 기다려준 신지연도 대단했다.

차준혁도 알면서 방관해 온 것이나 마찬가지였다.

"무슨 말씀인지 잘 알겠습니다."

다만 그가 말해주기 전에 차준혁이 먼저 알아챘다면 더욱 좋았을 것이다.

임진환이 말을 이어 나갔다.

"솔직히 저도 중요한 시기란 것을 알기에 딸의 결혼식이

빠르게 준비된 것을 신경 썼습니다. 하지만 그건 그것이고, 이건 이것이지 않겠습니까."

그는 방금 전에 했던 말을 더욱더 강조했다.

이에 차준혁은 괜히 민망해져서 뒷머리만 긁적거렸다.

어느새 밤이 깊어졌다.

일을 마친 차준혁은 신지연부터 집 앞에 내려주고, 자신의 집에 가까워져 갔다.

그런데 현관 앞으로 검은 그림자 두 개가 겹쳐진 것이 보였다.

"뭐지?"

운전하던 차준혁은 시력을 높여 그림자의 정체를 확인해 보았다.

"이런……!"

이동형과 여동생인 차준희가 서로 부둥켜안고서 키스하는 중이었다.

깜짝 놀란 차준혁은 몰던 차부터 급히 세웠다.

끼이이익—!

급브레이크 소리가 나자 키스에 열중하던 두 사람은 행동을 멈추고 차 쪽으로 시선을 돌렸다.

그리고 차준혁의 차라는 것을 알고서는 아무런 행동도 하지 못하고 멀뚱히 쳐다만 보았다.

"후우… 이게 뭐 하자는 건지."

차준혁은 괜히 쑥스러워져서 고개를 저으며 다시 차를 몰아 집 앞에 세웠다.

차에서 내리자 이동형이 곧장 허리를 숙이며 인사했다.

"형님! 오셨습니까! 고생이 많으십니다!"

"얌마. 괜히 오버하지 마라."

묘한 상황을 들킨 탓인지 차준희는 이동형의 뒤로 돌아가 숨어 있었다.

"하하하. 좀 그랬나? 근데 지금까지 일하다가 들어온 거냐?"

"그럼 놀고 왔겠냐. 그보다 너희는 이제까지 놀다가 바래다주러 온 거야?"

밤 11시가 넘어가고 있었다.

이동형이야 문제없었지만 차준희는 아직 대학생이었다.

게다가 더 이상한 것은 평일이라는 점이었다.

합동수사본부로 임시 배속된 이동형이었기에 하루가 멀다 하고 야근할 시간이었다.

"준희가 도서관에서 공부하고 들어간다고 해서 바래다만 주려고 온 거다. 밤길이 위험하잖아. 다시 수사본부로 들어가봐야지."

"그래?"

사실 차준희에게는 아직도 모이라이의 경호팀들이 따라 붙고 있었다.

모든 일이 정리되기 전까지는 최측근인 가족들이 위험해질 수도 있기 때문이다.

그것을 모르는 두 사람은 여느 연인과 다를 바 없이 연애에 집중했다.

'나름대로 프라이버시는 지켜줬겠지.'

경호팀도 생각이 있기에 그동안 차준희를 멀리서 지켜주면서 연애 상황을 알게 되었다.

그러나 신변의 위협 외에는 보고사항에 포함되지 않아 차준혁에게 전달하지 않았다.

"준희야. 넌 준혁이랑 같이 들어가. 내일도 도서관에서 들어갈 때 연락해."

"응! 오빠도 조심해서 들어가!"

자신의 차에 올라탄 이동형은 창문 밖으로 손까지 흔들며 돌아갔다.

"큼큼… 다음부터는 웬만하면 사람들이 안 다닐 만한 곳에서 그래라."

현관으로 다가서던 차준혁이 여동생에게 한마디를 던졌다.

그러자 차준희는 눈을 치켜뜬 채로 대답했다.

"어차피 결혼할 사이인데 뭐가 어때서!"

"부끄럽지도 않냐?"

"알았어. 결혼한 다음에 집에서 할게. 그러니 오빠는 결혼부터 해!"

"크윽……!"

차준희는 직구로 반격하더니 열린 현관문으로 성큼성큼 걸어 들어갔다.

부모님은 늦은 시간임에도 거실에 앉아 있었다.

두 사람이 나란히 들어오자 어머니가 놀라면서 물었다.

"둘이서 웬일이니?"

지금까지 두 사람의 귀가 시간이 항상 엇갈렸던지라 신기해한 것이다.

"앞에서 만났어요! 흥!"

차준희는 그렇게 말하더니 2층으로 후다닥 올라가려고 했다.

어머니가 고개를 갸웃거렸다.

"준희는 무슨 일 있었니?"

"준혁 오빠가 집 앞에서 동형 오빠랑 키스한다고 면박 주잖아!"

"…저 녀석이."

그러자 어머니도 차준혁을 날카롭게 쳐다봤다.

"준희가 화날 만했네. 그러게 누가 빨리 결혼하면 좋을

226

텐데."

"어머니!"

난처해진 차준혁은 괜히 어머니를 부르며 뒷머리를 긁어
댔다.

가뜩이나 오늘 낮에도 임진환 회장에게 조언 같은 주의
를 들어서 고민되었기 때문이다.

"흠! 흠! 준혁이는 여기 좀 앉아보거라."

"예? 아… 예."

조용히 있던 아버지의 부름에 차준혁은 거실로 들어가
그와 마주 보고 앉았다.

"언제 할 생각이냐?"

예전에 이동형이 차준혁의 집으로 인사 왔을 때와 비슷
한 분위기였다.

그 탓에 차준혁은 아버지의 질문이 결혼을 말하는 것임
을 알 수 있었다.

"…곧 해야죠."

"네가 능력이 없는 것이 아니고, 나이도 적당하지 않냐.
지연이도 그렇고 말이야."

저번과 같이 결혼 재촉을 시작한 것이다.

"저도 그건 잘 알죠. 하지만 아직 중요한 업무들이 좀 남
아서요."

신약 개발이라든가 언론사 투자를 통한 영역 확장이 남

아 있었다. 게다가 천근초위에 대한 일도 산더미니 신경
쓸 문제가 많았다.

"그거야 일하면서 준비해도 되잖아. 설마… 따로 만나는
여자라도 있는 거냐?"

바람 피냐는 질문이었다.

깜짝 놀란 차준혁이 고개를 절레절레 흔들었다.

"아, 아니요! 제가 무슨 바람을 피웁니까!"

"하긴… 너한테 딴 여자를 만날 능력도 없을 테니 절대
로 그러지는 못하겠지."

전 세계적으로 차준혁을 흠모하는 여성은 엄청나게 많았
다.

30세가 되기 전에 국제적인 기업을 이룬 능력과 준수한
외모까지 갖춘 것으로도 모자라, 방송을 통해 한 여성에게
고백까지 했으니 말이다.

하지만 부모님은 그런 차준혁의 성격에 흠이 많다고 여
겼다.

그래서 아들인 차준혁을 진실하게 봐줄 사람은 신지연이
유일하다고 생각했다.

"…아버지. 아들 능력을 그렇게 깎고 싶으세요?"

"흠! 아무튼 네가 출장을 간 동안 지연이 부모님을 만나
서 날짜부터 잡기로 했다."

"예? 지연 씨 부모님을 만나셨다고요?"

228

방금 전, 신지연을 집에 바래다줬을 때도 듣지 못했던 말이었다.

"그래. 어찌나 답답한지… 우리가 먼저 연락해서 식사하면서 너희 둘의 문제에 대해 의논했다."

신지연의 부모님도 차준혁을 마음에 들어 했다.

특히나 그녀의 부친인 신수동은 경찰이었던 차준혁에게 목숨까지 구원받았으니 말이다.

"하지만 결혼 문제는 저와 지연 씨가 알아서……."

"준혁아! 알아서 한다고 한 게 대체 언제 적이냐!"

계속 미뤄 왔던 탓인지 아버지는 더 이상 기다릴 수 없다는 듯이 말했다.

물론 어머니도 이에 동조하며 옆에서 고개만 끄덕였다.

"…죄송합니다. 하지만 그래도……."

"더 이상은 듣기 싫다. 지연이는 아직 며느리도 아닌데 우리 집부터 신경을 쓴다. 네가 출장을 간 동안 있었던 네 엄마 생일 때도 말이다."

"예…? 어머니 생신이요? 그러고 보니……."

달력을 본 차준혁은 빨간 동그라미가 그려져 있는 날짜를 발견했다.

거기에는 여동생의 글씨로 '엄마 생일'이라고 적혀 있었다.

"아무리 바빠도 그렇지, 이건 너무하다고 생각한다. 지금 내가 한 말이 틀렸다면 말해봐라."

"제가 잘못했습니다. 그래도 결혼 문제는 제가 지연 씨에게 직접 제대로 말하고 준비하고 싶습니다."

차준혁은 진심으로 어머니에게 미안했다.

중요한 일들을 처리하다보니 정작 눈앞에 있는 소중한 것을 알아채지 못했기 때문이다.

하지만 신지연에게는 다른 이들의 간섭이 아닌 스스로의 마음으로 대하고 싶었다.

"후우… 그래도 네가 그렇게까지 말한다면 나는 더 이상 할 말이 없다. 올라가거라."

자리에서 일어난 차준혁은 2층에 위치한 자신의 방으로 들어갔다.

책상에 앉자 책상 위 달력에도 여동생이 표시해둔 어머니의 생일에 동그라미가 그려져 있었다.

"대체 내가 뭘 하려고 하는 건지……."

과거로 돌아와 소중한 사람들을 지키는 데만 신경 쓰느라 세세한 부분을 놓친 것이다.

그런 자책감에 차준혁은 머리를 벅벅 긁으면서 넥타이를 풀어헤쳤다.

"하아……."

드르륵…….

한숨을 내쉬던 차준혁이 책상 서랍을 열었다.

그 안에는 주먹보다 조금 작은 상자가 들어 있었다.

상자를 열자 조그만 얇은 실처럼 촘촘하게 꼬아진 반지가 꽂혀 있었다.

그 모양은 차준혁의 목에 걸린 모이라이의 목걸이와 비슷했다.

예전에 몰래 주문하여 만들어둔 청혼 반지였다.

재질부터 디자인까지 전부 차준혁이 준비해서 만들었다.

"이런 식으로 하고 싶지는 않았는데……."

차준혁은 조용히 중얼거리면서 반지를 만지작거렸다.

원래는 모든 일들이 끝나면 청혼할 생각이었다.

물론 신지연은 계속 기다려주겠지만 주변에서 재촉해 왔다.

당연히 신지연도 그런 재촉에 스트레스를 받으며 걱정하고 있을 것이다.

"어쩔 수 없지. 내가 이렇게 생각하는 것도 이기적인 거니까."

임진환이 했던 말을 떠올린 차준혁은 결심을 굳혔는지 주경수에게 전화를 걸었다.

—무슨 일이십니까?

퇴근하고 집에 있던 주경수는 갑작스런 연락에 많이 놀란 것 같았다.

"부탁 좀 하자. 내일부터 일주일 정도 예정된 내 일정을 모두 빼줄 수 있겠냐?"

—자, 잠시만 기다려주십시오.

하루 이틀도 아니고 7일이면 장기였다.

일정을 확인하는지 주경수의 대답과 함께 고요함이 찾아왔다.

확인을 마친 그의 대답이 곧바로 이어졌다.

—내일 아침에는 청와대에서 대통령과 조찬, 오후에는 각 계열사 대표들과 월간 업무보고 회의가 있습니다. 그리고 모래에는…….

대부분이 중요한 사람들과의 약속이었다.

그만큼 모이라이가 대한민국에서 큰 부분을 차지하고 있다는 의미였다.

"전부 취소하거나 뒤로 미뤄줘."

—내일 예정된 대통령과의 조찬도 말입니까?

차라리 기업의 대표라면 모를까. 다른 누구도 아니고, 대한민국의 노진현 대통령과의 조찬이었다.

물론 겨레회에 대해 논의하기 위한 자리였지만 차준혁에게는 그것보다 중요한 일이 있었다.

"그래."

—아, 알겠습니다.

"부탁한다. 그리고 나랑 지연 씨는 내일 회사에 안 나갈

232

거야. 며칠 동안 자리를 비우게 될지도 모르니까 경원이한테 연락해서 대리 직무 좀 부탁해줘."

—그럼 보안팀에 연락을 넣어두겠습니다.

차준혁의 움직임에 따라 보안팀도 나름의 계획을 세우고 행동했다.

갑자기 일정이 바뀌는 것이니 주경수는 당연하다고 생각했다.

"보안팀은 동행하지 않을 거니까 그냥 놔둬."

—그럴 수는 없습니다.

"정말 중요한 일이라서 그래. 행선지만 알아둬."

차준혁은 행선지만 말해주고서 통화를 끝냈다.

그리고 다시 번호를 찾아 누르고서는 어디론가 전화를 걸었다.

아침이 되자 신지연은 마중을 나온 차준혁의 차에 올라탔다.

그녀도 집에서 날짜에 대한 말을 들었는지 어제보다 기분이 좋지 못했다.

"잠은 잘 잤어요?"

"…별로요."

싸늘해진 분위기 탓에 차준혁은 무슨 말을 해야 할지 몰라 차만 열심히 몰았다.

그런데 차가 외곽고속도로 쪽으로 빠지자 신지연은 깜짝 놀랐다.

"왜 여기로 빠져요? 아침 일정은 청와대에서 조찬이잖아요."

"그건 취소했어요."

"예? 대통령님과 조찬이에요! 그걸 왜 취소해요!"

더욱 놀란 신지연은 쌀쌀했던 분위기를 풀고 소리를 질러댔다.

다른 사람도 아니고, 대통령이자 겨레회의 장로와 만나는 약속이었기 때문이다.

"경수한테 말해서 일주일 동안 예정된 일정을 전부 취소했어요. 그러니 아무 말도 하지 말고 조용히 있어요."

"대체 어디로 가는 건데요!"

차준혁은 계속해서 차를 몰았다.

그렇게 도로를 타던 차가 인천공항 쪽으로 향했다.

"공항? 대체 어딜 가려는 건데요!"

"거의 도착했으니 조용히 있어요."

차는 공항 앞에 세워지지 않고, 바깥쪽에 있는 외부 출입구로 들어섰다.

그러자 통관을 지키던 사내들이 앞을 가로막더니 신분증을 요구했다.

"확인되었습니다."

앞으로 내밀어진 것은 차준혁과 신지연의 여권이었다.

그것을 확인한 사내는 동료에게 신호를 주어 게이트를 열어주었다.

"제 여권을 왜 준혁 씨가 가지고 있어요?"

"어제 회사에 가서 가져왔어요."

갑작스럽게 해외로 나가는 업무도 있다보니 차준혁과 신지연은 항상 회사에다 여권을 두었다.

한밤중에 차준혁이 가져온 것이다.

"정말 어딜 가려는 건데요!"

"목적지에 도착할 때까지 아무 말도 안 해줄 거니까 물어도 소용없어요."

차는 활주로 한쪽에 세워진 전세기 앞으로 세워졌다.

앞에서 대기하던 승무원들은 그들이 나타나자 고개를 숙이며 인사했다.

차준혁은 먼저 내려서 신지연이 내리도록 도와주었다.

신지연은 상황을 이해하지 못하고서 얼렁뚱땅 전세기로 올라탔다.

"정말 말해주지 않을 거예요?"

"진짜로 안 해줄 거예요."

두 사람이 착석하자 기장의 안내방송과 함께 전세기가 움직였다.

거기서도 목적지에 대해서는 전혀 언급되지 않았다.

그 뒤로 전세기는 곧장 활주로를 타고 떠올랐다.

신지연은 뒤로 미룬 일정들이 걱정되었다.

전세기는 24시간을 넘어서 날아갔다.

중간에 프랑스 파리에 착륙했지만 연료 보충만 했을 뿐
이었다.

다시 날아오르고, 10시간을 넘게 보냈다.

그러다가 익숙한 풍경이 창밖으로 보이자 신지연은 점점
눈을 크게 떴다.

"설마… 킨샤사로 가는 거였어요?"

그녀의 말대로 전세기는 킨샤사 공항에 착륙했다.

콩고민주공화국 왕궁에서 나온 시종장 파르만이 차를 타
고서 다가왔다.

두 사람은 전세기에서 내렸다.

"방문해주셔서 감사합니다. 미스터 차."

그가 반겨주자 차준혁도 스와힐리어로 대답해주었다.

"오랜만입니다. 파르만. 그동안 잘 지내셨죠?"

"저야 늘 똑같지요."

"그보다… 차량은 준비되었나요?"

차준혁의 물음과 함께 뒤쪽에서 튼튼하게 생긴 지프가
다가와 세워졌다.

"말씀하신 모델이 맞으신지요."

"딱이네요. 저는 지연 씨와 중요한 장소에 좀 들렀다가
가겠습니다."

"알겠습니다. 차량에 프리패스도 넣어두었으니 어디든
가실 수 있을 겁니다."

콩고민주공화국은 지난번 내란 재발 미수사건 이후로 나
라 곳곳에 국민들의 안전을 위한 경계소를 만들었다.

그렇다보니 도시나 중요 도로를 넘어갈 때마다 신분증이
필요했다.

파르만이 챙겨준 프리패스는 왕족들에게만 발급되는 것
으로, 어떤 검문도 없이 통과가 가능하게 해주었다.

"고맙습니다. 지연 씨. 우리도 출발하죠."

"여기서 또 어딜 가게요!"

오랜 비행으로 인해 신지연은 피곤이 밀려왔다.

그런데 쉬지도 못하고 차준혁이 재촉하자 소리를 질렀
다.

"저와 지연 씨가 시작되었던 장소요."

"그게 어딘데요."

지금까지 신지연은 차준혁에게 본래 있었던 미래에 관한
이야기만 들었다.

어떤 장소에서, 무슨 일이 있었는지는 몰랐기에 궁금해
졌다.

"가보면 알아요. 시간이 얼마 남지 않았으니 빨리 가야

해요."

차준혁이 계속 재촉하자 신지연은 어쩔 수 없다는 듯이 차에 올라탔다.

차준혁은 곧장 시동을 걸고서 공항을 빠져나가 킨샤사의 서쪽으로 달렸다.

아직 킨샤사는 해가 지기까지 4시간 정도가 남아 있어었다.

그사이 지프는 긴 도로를 지나다가 점점 인적이 드문 곳으로 향했다.

"이상한 곳으로 데려가는 거 아니죠?"

"조금만 더 가면 나와요."

평소보다 과묵해진 차준혁의 태도에 신지연은 그가 왜 이러는 것인지 이해되지 않았다.

그래도 뭔가 있겠다고 생각하면서 기다리고 있을 뿐이었다.

덜컹! 덜컹!

지프는 한참 동안이나 비좁은 숲의 언덕길을 올라가다가 붉게 물든 절벽 앞에 세워졌다.

아래와 지층의 높이가 차이 나는 곳이었기에 높이가 엄청났다.

대신 붉은 노을이 숲을 집어삼킨 것처럼 끝없이 펼쳐진 지평선까지 물들이고 있었다.

"하아……."

"여기였어요."

"…네?"

그 엄청난 광경에 감탄하던 신지연은 깜짝 놀랐다.

"여기서 제가 지연 씨한테 받았던 목걸이를 차고 처음 보여줬죠."

차준혁은 어느새 풀어헤친 모리아이의 목걸이를 들어 보였다.

본래 미래에서 겪었던 신지연과의 사랑이 눈앞을 스쳐지나갔다.

"목걸이… 했네요?"

"괜찮나?"

"칫… 설마 진짜로 암살 무기로 쓰는 건 아니죠?"

"정말 위험할 때는 쓸지도 모르지."

그녀와 했던 대화들이 뚜렷하게 떠오를 정도였다.

물론 바뀌어 가고 있던 미래를 산 신지연이지만 결국은 다시 만나 지금까지 함께 걸어왔다.

"…그때의 전 어땠어요?"

"지금과 크게 다르지 않아요."

"흠……."

그 이후 신지연은 차준혁에 대한 임무를 포기하고 항공기에 올라탔다가 폭발로 죽게 되었다.

지금은 살렸지만 차준혁은 그때만 생각하면 여전히 피가 거꾸로 솟구치는 것만 같았다.

그사이 상황을 궁금해하던 신지연이 붉게 타오르는 노을을 보며 물었다.

"그럼 우리는 그때도 이 풍경을 봤겠네요."

"맞아요. 그리고 가족들의 반지를, 제가 걸고 다니던 군번줄에 엮어서 지연 씨에게 줬죠."

차준혁이 준 목걸이에 대해서는 신지연도 들은 적이 있었다.

그곳이 이곳이었다는 말에 신지연의 표정에 놀라움이 떠올랐다.

"거기가 여기였어요? 와아… 신기해요!"

신지연은 결혼과 갑작스런 스케줄로 인해 받았던 스트레스들이 날아간 듯싶었다.

그러던 중에 차준혁은 품속에서 조그만 상자를 꺼냈다.

"지금은 그 목걸이를 줄 수가 없지만… 대신 이걸 받아줬으면 해요."

"…이게 뭐예요?"

상자를 받아 든 신지연은 설마설마하면서 열어보았다.

안에는 차준혁의 목걸이처럼 생긴 조그만 반지가 끼워져

있었다.

"저랑 결혼해줄래요?"

"…흐윽."

멍하니 반지만 쳐다보고 있던 신지연은 그 말 한마디에 눈물을 왈칵 쏟아냈다.

차준혁을 사랑하게 된 뒤부터 언제나 기다렸던 말이었다.

"너무 기다리게만 해서 미안해요."

그 뒤로 차준혁의 사과가 이어지자 신지연은 눈물을 그치지 못했다.

그녀가 눈물과 함께 품에 기대자 차준혁은 그녀를 꼭 안아주었다.

"아직 많은 일들이 남았지만… 그래서 더더욱 지연 씨를 곁에 두고 싶었어요."

무슨 말이 더 필요할까.

신지연은 차준혁의 품에 안긴 채 눈물을 흘리며 고개를 끄덕였다.

차준혁은 신지연의 턱을 조심스럽게 끌어올려 입을 맞췄다.

그리고 반지를 꺼내 그녀의 왼쪽 약지에 끼워주었다.

더욱 기울어져 가는 노을에 반지마저 붉게 물들었다.

그것은 차준혁과 신지연도 마찬가지였다.

서로 빨개진 얼굴을 쳐다보며 미소를 지을 수밖에 없었다.

KBC보도국 기자 이태용은 천익에 대한 뉴스 아이템이 킬당하고 나서 허망해졌다.

캡인 황재운이나 보도국장인 박경식은 입맛에 맞게 뉴스까지 골라야만 했다.

물론 휘하 기자들이야 상부에서 시키는 대로 할 수밖에 없었다. 어차피 위에서 막으면 어떤 기사도 나갈 수 없기 때문이다.

"이게 언론사야? 꼭두각시지. 아니다. 앵무새네. 시키는 대로 주절거리는 앵무새."

책상에 앉아 있던 이태용은 가관인 회사를 보면서 허탈함을 느꼈다.

빡!

그때 뒤로 다가온 황재운이 그의 뒤통수를 후려쳤다.

앞으로 고꾸라진 이태용은 화조차 내지 않고 그를 쳐다보았다.

"왜… 그러십니까?"

"넌 여기 앉아서 뭐 해? 경찰서 안 돌아?"

시경기자들은 경찰서로 들어오는 사건을 위주로 기사를 준비했다.

그 탓에 다른 기자들은 바쁘게 움직이며 서로 정보를 주고받아 준비하는 중이었다.

"어차피 기사거리 물어서 가져와봤자 내보내주지도 않잖습니까."

"이게 미쳤나?! 네가 제대로 된 기사를 가져와야 내보내주든지 하지! 죄다 천익 관계자들 수사에 대한 과정이면 나보고 어쩌라고!"

이태용은 지난번 뉴스 아이템을 제외당하고 나서 현재 합동수사본부에서 수사 중인 임설, 홍주원, 나도명에 관한 기사를 써서 제출했다.

하지만 황재운은 그것을 보자마자 이태용의 눈앞에서 갈기갈기 찢어버렸다. 대주주로 있는 천익의 관한 뉴스이니 절대 내보낼 수 없기 때문이다.

"그럼 도대체 뭘 쓰라는 겁니까?"

"살인이나 강도사건 같은 것도 많잖아!"

"세상이 그런 걸로만 돌아갑니까? 그리고 진실을 은폐하면 안 되죠!"

"어차피 수사는 검찰에서 하고 있잖아! 시끄럽지만 않게 하자는 건데 뭐가 그렇게 말이 많아!"

황재운도 답답하기는 마찬가지였다.

지금 검경합동수사본부에서 조사 중인 사건만 본격적으로 보도한다면 충분히 국민들의 이목을 끌 수 있었다.

하지만 사주와 대주주가 벽을 치고 있으니 밥줄이 달린 이상 마음대로 할 수 없었다.

"이럴 바에는 차라리 그만두겠습니다!"

"마음대로 해라!"

드르륵— 팍!

이태용은 서랍에서 사직서라고 쓰인 봉투를 꺼내 그의 얼굴로 집어던졌다.

"여기 받으시죠! 사직서!"

그 뒤로 책상에 놓인 자신의 물건들을 정리해 나갔다.

사직서와 함께 상자까지 미리 준비해둔 것인지 하나씩 전부 담아냈다.

"이 자식이… 돌았냐!"

"마음대로 지껄이십시오! 무슨 이딴 곳이 언론사라고!"

이태용은 물건을 모두 담고 바닥에 침까지 뱉었다.

"카악! 퉤! 더러워서 앞으로는 이쪽으로 쳐다보지도 않을 겁니다!"

회사를 나선 이태용은 차를 몰다가 잠시 도로가에 세웠다.

어렵게 경력을 쌓아 온 회사를 한순간의 감정 때문에 때려치운 것이 후회되기도 했다. 하지만 자유롭지 못한 언론

사를 계속 다니고 싶지도 않았다.

"하아… 돌아버리겠네…….."

더 이상 버티기 힘들다 생각하고 집어던진 사직서였지만 마땅히 갈 곳이 없었다.

어차피 혼자 살고 있기에 집으로 돌아가도 되었지만 지금 기분으로는 들어가기가 싫었다.

"김 대표님한테 연락이나 해볼까?"

이내 기자 선배이자 네이처펀치의 대표인 김홍윤을 떠올렸다.

동기들이나 친구들에게 한풀이해봤자 소용없을 테지만 그러면 다를 것 같았다.

뚜르르르르…….

긴 신호음을 끝으로 김홍윤의 목소리가 들려왔다.

―네이처펀치 편집장 김홍윤입니다!

"저… 이태용 기자입니다."

―오! 이 기자! 무슨 일이냐?

"지금 시간 괜찮으십니까?"

―괜찮기는 한데 무슨 일이야?

그의 물음에 이태용은 오늘 있었던 일들을 설명해주었다. 언제나 한풀이하고 싶었던 마음 때문인지 구구절절 길게 늘어졌다.

다른 사람 같았으면 귀찮았을 것이다. 그러나 김홍윤은

차분하게 다 들어주고, 진지한 목소리로 말했다.

―정말 힘들만 했겠다. 너야말로 시간 괜찮으면 여기로 좀 와라.

"거기로요?"

―와서 술이나 한잔하자.

통화를 마친 이태용은 그대로 차를 몰아 인천으로 향했다.

1시간 정도 걸려 네이처펀치가 있는 동인천에 도착하자 김홍윤이 건물 앞에서 기다리고 있었다.

이태용은 차를 근처에 세워두고 김홍윤과 함께 인근에 있는 술집을 찾아 들어갔다.

답답한 마음에 서로의 잔을 채워주고 시원하게 들이켰다.

"캬아! 오랜만에 낮술을 먹으니 나쁘지 않네요."

"그러게 말이다. 나도 회사를 준비하느라 요즘 마시질 못해서 그런지 좋네."

두 사람은 서로의 잔을 채워주면서 계속 마셨다.

이내 김홍윤은 머뭇거리던 말을 조심스럽게 꺼냈다.

"…앞으로 어떻게 할 생각이냐?"

"…예? 뭐… 언론사는 다시 들어가기 힘들 테니까 다른 직장을 알아보든지 아니면 한동안 프리랜서로 활동해볼까 생각 중입니다."

"괜찮다면 나랑 같이 일해볼래?"

"네이처펀치로 들어오겠냐는 말입니까?"

이태용은 그의 제안이 나쁘지 않다고 생각했다.

자신에게 천익에 대한 정보를 준 정민수가 다녔던 곳이기도 했으니 말이다.

"어차피 민수가 빠지는 바람에 TO가 하나 생겼거든. 그리고 너 정도 경력이면 충분하고도 남지."

"거기서는 보도 통제 같은 짓을 하지 않겠죠?"

"말이라고 하냐! 나도 그따위 짓을 혐오해서 나온 것이구만!"

김홍윤도 이태용과 마찬가지였다.

그래서 누구보다 그의 기분을 이해할 수 있었다.

"흠… 그리고 보니 모이라이 투자 건은 어떻게 됐습니까? 비공개로 한 것인지 따로 보도된 뉴스도 없던데… 통과된 겁니까?"

얼마 전 투자 건으로 차준혁이 네이처펀치를 방문했을 때 이태용도 그곳에 있었다.

이후, 결과를 따로 듣지 못해서 궁금해졌다.

"승인이 떨어졌지! 모든 운영비를 지급해주기로 했어!"

"혹시 조건부 아닙니까? KBC나 다른 언론사가 당한 것처럼 자금을 빌미로 나중에 압박하는 것 말입니다."

김홍윤도 그 부분을 걱정하긴 했다.

솔직히 보통 기업도 아니고, 국내 기업 순위를 순식간에 뒤집는 중인 모이라이가 손수 먼저 투자 유치를 꺼냈다.

　네이처펀치에서 먼저 요청했다면 모를까.

　갑과 을이 바뀐 것처럼 이뤄진 것이니 이상하게 생각될 수밖에 없었다.

　"나도 물어봤지. 그런데 하고 싶은 대로 하라고 하더라? 무슨 기사를 내든 상관하지 않겠다고 말이야. 대신 정확하고, 확실한 진실만을 밝혀 달라고 하던데?"

　"믿던 진실이 거짓일 수도 있으니까 말입니다."

　그 순간 이태용은 차준혁이 중얼거리던 말을 떠올렸다.

　정민수가 했던 말과 똑같았기에 계속 의문이 들었다.

　'내가 무슨 생각을… 사람이 다른데 말이야.'

　정민수는 한낱 프리랜서 기자였고, 차준혁은 대기업의 대표였다.

　무엇보다 얼굴이나 목소리조차 달랐기에 불가능했다.

　이내 이태용은 고개를 가로젓다가 다시 입을 열었다.

　"정말 아무런 간섭도 하지 않겠다고 한 겁니까?"

　"그래. 계약서에 조항을 만들어서 차준혁 대표님이 직접 도장까지 찍었다. 이 정도면 신뢰할 수 있는 거 아닌가?"

　"…대단하네요. 그냥 직원들에게 맡기면 될 일을 대표가

직접 나서기까지 하니 말입니다."

차준혁은 대표로만 불릴 뿐, 실질적으로 각종 계열사를 휘하에 두고 있으니 모이라이라고 불리는 그룹의 총수나 다름이 없었다.

당연히 김홍윤도 그 점이 이해되지 않았다.

그래서 투자 관련 PPT를 할 때에도 잔뜩 긴장한 탓에 몇 번이나 실수했다.

"나도 이상하게 생각하지만 어쩌겠냐. 그런 신뢰적인 사업 수완으로 지금의 자리에 오른 사람이잖아."

어떤 기업이든 모든 고객을 만족시킬 수는 없기 때문에 불신의 흔적이 남기 나름이었다.

그러나 모이라이는 지금까지 모든 부분에서 국민들의 신뢰를 져버리지 않았다.

"그래서 어쩔래? 네이처펀치에서 같이 일해볼래?"

김홍윤의 물음에 이태용은 곰곰이 생각하다가 중요한 부분을 꺼냈다.

"한 가지 조건이 있어요."

"뭔데?"

"민수가 취재하던 사건 아이템들… 그거 제가 기사내고 싶어. 전적으로 밀어주실 수 있겠어요?"

김홍윤은 잠시 고민되었다.

정민수가 했던 취재는 지금의 경제를 뒤흔들지도 몰랐기

때문이다.

물론 구미가 당겨서 휘하 기자들에게 맡아보라 했지만 다들 고개를 저으며 거부했다.

중앙 언론사 기자인 이태용이 납치당했던 사건까지 있었으니 아무리 용감하다고 해도 겁이 날 수밖에 없었다.

"밀어줄 수는 있지만… 잘못될지도 몰라. 두 번이나 그런 일을 당했는데 괜찮겠어?"

"기적이 두 번이나 일어났는데, 세 번째 기적이 일어나지 말란 법은 없잖습니까. 게다가 기적이 아니었다면 이미 죽었을지도 모르는데… 각오 정도는 당연히 해야죠."

그 대답과 함께 김홍윤은 피식 웃더니 악수를 권했다.

이태용은 그의 손을 잡으며 네이처펀치에 합류하게 되었다.

안심하지 마라,
다음은 발모가지니까!

천익의 대표사무실에 앉아 있던 김정구는 비서인 조민아를 앞에 세워두고 있었다.

그녀는 최근까지 수집된 정보를 보고해 나갔다.

"검찰에서는 이번 천익의 사건에 대해 임설 전(前) 대표님과 홍주원 이사로 마무리 지을 듯싶습니다."

"확실한 건가? 지난번에 데이터베이스가 열렸다고 하지 않았나?"

이지후가 데이터베이스 암호를 푼 소식은 천익으로도 흘러들어 갔다. 당연히 잔뜩 긴장하고 있었지만 이후로 마땅한 소식이 없었다.

"전(前) 대표께서 모두 안고 가시기로 결정을 내리신 듯 싶습니다. 검찰에서도 그 이상 추궁할 수는 없을 것이니, 마무리될 것 같다고 말씀드린 것입니다."

"흠… 그렇다면 다행이네만. 찜찜한 기분은 영 사라지지 않는군."

처음부터 그녀가 안고가기로 한 것도 김정구가 부탁했기 때문이다. 언제든 임설의 마음이 수틀리면 안 될 일이니 불안감을 지우기가 어려웠다.

"우려하신 일들은 벌어지지 않을 듯싶습니다."

"헌데… 대주주들이나 임원들의 동향은 어떤가?"

다음 질문이 이어지자 조민아는 서류를 바꿔 들었다.

"대표님께서 취임하시고 아직 굳건하다는 것을 보여주 셨으니 일단 대주주들은 문제가 없을 듯싶습니다. 다만… 임원들 측에서 묘한 동향을 보였습니다."

"어떤 부분에서 말인가?"

"이번에 본사가 흔들리면서 주식의 일부분이 몇몇 임원 들 소유의 페이퍼컴퍼니로 흘러들어 갔습니다."

김정구의 눈빛이 날카로워졌다.

대주주들이야 회사가 건재하다는 것만 보여주면 문제가 없지만, 임원들은 언제나 꼭대기에 대한 욕망을 가지고 있 기 때문이다.

물론 지금까지는 김정구가 배후에 있으면서 임설과 홍주

254

원이 견제해주었기에 문제가 생기지 않았다.

하지만 검찰의 조사로 본사가 털리면서 기회를 엿보던 임원들이 움직이기 시작한 것이다.

"어떤 녀석들이지?"

"장우석 상무 쪽입니다."

장우석은 홍주원 이사가 견제하던 인물이었다.

젊은 시절 VIP경호 라인을 직접 구축하여 엄청난 실적을 쌓아 임원이 되었다.

실력이 출중한 인물이기 때문에 지금까지 그냥 두었지만 천익이 흔들리면서 숨겨두었던 송곳니를 드러냈다.

"역시 보통내기가 아니로군. 그쪽으로 넘어간 주식이 얼마나 되지?"

"이전에 보유하고 있던 것까지 합차면 17.5%로 추정됩니다. 게다가 최근에 대주주들과 접촉하고 있다는 보고마저 들어오고 있습니다."

천익이 완전 무너진 것은 아니었다. 당연히 임원이 보유할 수 있는 주식에도 한계가 있었다.

그러니 대주주를 구슬려 김정구가 서 있는 바닥을 흔들 계획이었다.

"소용없는 짓을 하는군."

"그냥 두실 겁니까?"

어차피 천익의 대주주들은 월드세이프 펀드와도 관계를

맺고 있었다.

당연히 임원들의 설득에 쉽게 넘어가지 않았다.

물론 장우석은 그 사실을 모르고 있었다.

천익의 실체가 무엇인지도 알지 못하니 욕심만 부리다가 끝을 보게 될 것이 분명했다.

"자신들이 무슨 실수를 했는지 알게 되면 더욱 조아리겠지. 알아서 기도록 내버려둬."

"알겠습니다. 대표님."

보고를 마친 조민아가 물러났다.

혼자 남게 된 김정구는 잠시 숨을 고르면서 창밖을 쳐다았다.

그때 내선전화가 울리더니 방금 전에 나간 조민아의 목소리가 울렸다.

─대표님. 한민국당 변종권 의원님께서 오셨습니다.

"들어오시라 하게."

통화가 끊기면서 변종권이 얼굴을 내밀었다.

그 모습에 김정구가 일어나더니 소파로 안내해주었다.

"어떻게… 일은 정리되어 가시는지요?"

변종권의 물음에 김정구의 입가에 미소가 지어졌다.

"오랜만에 저 책상에 앉으니 힘이 듭니다."

"그래도 어쩌겠습니까. 실책으로 피해를 본 만큼 수습할 사람은 필요하니 말입니다."

그 부분은 김정구도 부정하기 힘들었다.

중요한 대업을 위해서는 천익이 건재해야 했다.

"헌데… 어인 일로 연락도 없이 오셨습니까?"

"검찰에서 천익의 사건을 마무리 지을지도 모른다는 말을 들어서 말입니다."

방금 전, 비서인 조민아가 보고했던 사항이었다.

이에 김정구는 미소를 흘리면서 말했다.

"알고 있습니다. 지금 상황대로라면 나머지 준비에도 문제가 없을 듯싶습니다."

"역시 정보력은 건재하시군요. 게다가 상황이 좀 잠잠해지고 있으니 한걸음 복지재단에서 준비 중이던 일도 슬슬 진행해야 하지 않겠습니까."

검찰에서는 천익의 사건을 마무리 지으려는 낌새 외에 아무런 움직임도 없었다.

하루가 멀다하고 터져대던 사건들이 잠잠해지니 잠시 스톱해두었던 프로젝트를 진행하려는 것이다.

"조금 이르지 않겠습니까."

"대선이 2년도 남지 않았습니다. 김태선 의원 휘하에 제대로 된 인선을 두려면 빨리 준비해야지요."

변종권은 김태선 다음으로 대통령이 될 생각이었다.

그러려면 기반이 중요했기에 미리 준비해 놓기 위해 다급하게 움직였다.

물론 김정구도 그 사실을 잘 알았다.

김태선을 시작으로 대통령 자리를 천근초위의 왕좌로 만들려는 계획이었기 때문이다.

"흠… 한걸음 복지재단에서는 얼마나 준비됐다고 합니까?"

"입양기관으로 다시 넘어간 서류만 수습되면 바로 진행할 수 있다고 합니다. 자금은 문진원 회장이 조달해주기로 했으니 문제가 없을 겁니다."

준비 중인 계획에 대해서 듣던 김정구는 잠시 멈칫하면서 끼어들었다.

"자금은 월드세이프 펀드 말고, 자체적으로 쓰도록 하지요."

"요양원에 있는 자금을 말입니까?"

계속해서 축적해두다가 위험한 순간에 쓰기로 한 자금이었다.

지금까지 보관만 해두었던 자금 이야기를 꺼내자 변종권은 고개를 갸웃거렸다.

"검찰에서는 천익만 수사하는 것이 아닙니다. 지난번 묻어버리려 했던 기자나, 사고로 처리한 복지재단의 직원만 봐도 관심이 이만저만 아니죠. 겉으로 드러난 자금을 움직이면 괜히 눈에 띌 수가 있습니다."

김정구의 말대로 검찰은 천익과 더불어 월드세이프 펀

드, 미더스물산까지 수사 중이었다.

물론 그 이유는 암호가 해제된 데이터베이스로 자금의 흐름이 들켰기 때문일 것이다.

관리 중이던 다른 기업들도 마찬가지의 상황일 것이니 함부로 자금을 움직이기는 어려웠다.

"흠… 일리가 있군요. 하지만 그곳의 자금을 쓴다고 해도 결국 지급처가 붕 떠버리지 않습니까."

"해외에 부지 소유주의 명의로 만들어둔 페이퍼컴퍼니가 있습니다. 거기서 기부 형태로 지급한다면 나쁘지 않을 겁니다."

어차피 한걸음 복지재단도 천근초위의 일부나 마찬가지였다.

그곳으로 들어간 자금이 운용되면 돈세탁도 가능하니 일석이조일 수밖에 없었다.

"좋은 방법이로군요."

"대신에 금괴를 처분하고서 해외계좌로 현금을 차명 입금하려면 시간이 좀 걸릴 겁니다."

"안전을 위한 것이니 어쩔 수 없지요. 문 회장에게는 제가 전하도록 하겠습니다."

천익은 경호원을 파견하면서 해외에 지부를 가지고 있었다.

그곳을 통해 해외 차명 계좌들을 보유해둔 덕분에 지금

말한 것처럼 운용이 가능했다.

"부탁드리지요."

"알겠습니다. 그럼 이만 돌아가보겠습니다."

대화를 마친 변종권은 자리에서 일어나 사무실을 나섰다.

콩고민주공화국 왕궁 별관에서는 두 사람이 오붓한 시간을 보내고 있었다.

"후훗……."

신지연은 자신의 옆에서 잠든 차준혁을 보며 미소 지었다.

어느새 이곳에서 시간을 보낸 지도 6일이 지났다.

두 사람은 매일같이 서로를 부둥켜안고 뜨거운 밤을 보냈다.

"음… 응? 뭐 해요?"

그사이 잠에서 깬 차준혁은 자신을 쳐다보던 신지연과 눈이 마주쳤다.

"얼굴 보고 있었죠."

"쑥스럽게 왜 그래요……."

차준혁은 그대로 엎어지며 자신의 얼굴을 가렸다.

원래라면 여자가 이래야겠지만 워낙 여자를 대하는 것이 서툴다보니 어쩔 수가 없었다.

"일어나요. 오늘은 한국으로 돌아가야 하잖아요."

"아… 벌써 그렇게 됐나요?"

지난 6일 동안 가끔 지역 내 공장을 시찰하기도 했지만 그 외에는 둘이서 보내는 시간이 많았다.

언제나 정신없던 일상을 등지고 제대로 쉬기로 마음먹었기 때문이다.

"그런데… 우리 정말로 이렇게 쉬어도 되는 거예요?"

신지연은 차준혁의 계획이 거의 막바지까지 이르렀단 것을 잘 알았다.

그런데 검찰에 수사를 맡긴 뒤 아무런 행동도 하지 않으니 걱정되었다.

"검찰에서 천익을 들쑤신 탓에 천근초위는 한동안 잠잠해졌을 거예요. 그리고 시기를 엿보다가 다시 움직이려고 하겠죠."

"일부러 기다렸단 말이에요?"

"맞아요. 상대방이 철벽을 펼치는데 총알 아깝게 계속 쏴댈 수는 없잖아요."

극과 극인 공방이라면 공격 쪽의 피해가 더 컸다.

차준혁은 콩고민주공화국에 오지 않았더라도 그런 피해를 입지 않기 위해 일부러 움직이지 않았을 것이다.

"대체 몇 수 앞까지 보는 거예요?"

"본다고 하기보다는… 간단한 이치예요. 무작정 공격만 한다고 좋을 일은 없으니까요."

상대는 일제강점기 이후부터 지금까지 은밀하게 기생해 온 친일파 조직이었다.

당연히 대한민국에 뿌리 내린 깊이가 깊지 않을 수 없었다. 무작정 뽑아버리면 그 틈새가 무너지게 되거나 뿌리가 남을 수도 있었다.

결국 큰 흙덩어리부터 작은 것까지 천천히 털어내며 송두리째 뽑는 것이 최선이었다.

"정말 대단한 것 같아요."

"그다지요."

"혹시 그거 알아요? 회사에 은밀하게 도는 소문이 있다는 거요."

"소문이요? 무슨 소문인데요?"

차준혁은 업무 때문에 회사에서 사무실 밖으로 거의 나오지 않았다.

그렇다보니 직원들이 무슨 말을 하는지 잘 듣지 못했다.

"준혁 씨가 대통령에 출마할지도 모른단 소문이요."

"예……?"

황당한 소문을 알게 된 차준혁은 그저 어이가 없었다.

"워낙 사업 수완이 좋다보니 사람들에게 신뢰가 높아졌

잖아요. 소문으로만 끝나는 게 아니라 은근히 기대하는 사람도 있더라고요."

현재 차기 대권주자로는 김태선이 독보적이었다.

천익에서 오랫동안 준비해 온 만큼 국민들에게 좋은 이미지가 박힌 덕분이었다.

모이라이의 등장과 함께 차준혁이라는 존재가 경제를 휘어잡고 있으니, 국민들에게 새로운 기대감을 심어주기 시작했다.

급성장한 모이라이처럼 나라도 발전시켜주지 않을까 하는 바람으로 말이다.

"정말 바보 같은 소리네요. 경제랑 정치는 비슷하면서도 달라요. 그리고 저는 정치에 관심도 없고요."

"해볼 생각 없어요? 어차피 김태선을 무너뜨리면서 새로운 대권주자가 필요하잖아요."

다른 후보자들도 김태선과 마찬가지였다.

다들 국민보다 자신의 이익을 추구하기 위해서 대권에 차지하려고 했다.

물론 그 규모가 다르겠지만 욕심만은 같았다.

"내세울 후모는 따로 있어요."

"정말요?"

지금까지 듣지 못했던 계획이기에 신지연은 깜짝 놀라면서 차준혁의 등을 베고 있던 고개를 들었다.

"천근초위에서는 몸을 웅크리고 있는 동안 김태선의 행보에 대해서 집중할 거예요. 우리도 거기에 맞춰서 준비해야죠."

"그게 누군데요?"

"대한민국에 돌아가면 바로 만나볼 거예요. 지연 씨도 같이 갈 테니까 그때 보면 알 거예요."

차준혁은 의미심장한 미소를 지으며 이불 속에서 옷부터 챙겨 입고는 몸을 일으켰다.

"어디 가게요."

"잠깐 바람을 쐬려고요."

밖으로 나가자 희미한 총성이 들렸다.

다른 사람에게는 들리지 않을 정도였지만 오감이 예민한 차준혁에게는 그 어떤 소리보다 뚜렷했다.

"사격장에 누가 있는 건가?"

아침 시간이었다.

게다가 둘카누 왕자 전용으로 지어진 지하 사격장에서 나는 소리였다.

왕궁 별관에서 지내는 동안 총성을 듣지 못했던 터라 잠옷 차림인 차준혁의 발걸음이 그곳으로 향했다.

"…왕궁 경비대?"

경비대 복장을 한 흑인 사내들이 한 명씩 앞으로 나서서 사격하고 있었다.

한쪽에 서 있는 경비대장 무라한의 모습도 보였다.

차준혁을 발견한 경비대원들의 시선이 움직이자 무라한도 고개를 돌렸다.

"미스터 차! 여긴 어쩐 일로 오셨습니까!"

그가 스와힐리어로 말을 꺼내자 차준혁도 대답했다.

"총성이 들려서 말입니다. 그보다… 여긴 둘카누 왕자님 전용이 아니었습니까?"

"오늘부터 왕궁 경비대 연습용으로 쓰라는 왕자님의 지시가 있었습니다."

"그래요?"

차준혁은 별관에서 지내면서 둘카누 왕자와도 시간을 보냈다.

그러던 사이에도 들은 적이 없던 말이었기에 의아해하면서 사격장을 둘러봤다.

"아, 마침 잘 오셨습니다! 혹시 시간이 괜찮으시다면 사격 실력을 보여주실 수 있으십니까?"

"이 차림으로요? 그리고 대원들에게 제 사격 방법은 참고가 되지 않을 텐데요."

지금 차준혁은 신지연이 시장에서 골라서 사준 빨간 땡땡이 잠옷을 입고 있었다.

"파르만 시종장님께 들으니 엄청난 사격 실력을 갖추셨다고 들었습니다. 그리고 차림은 상관없으시지 않습니까."

예전에 이곳에서 사격을 선보였을 때는 무라한이 없었을 때였다.

그렇다보니 무라한도 파르만에게 들었던 차준혁의 사격 실력이 어떤지 궁금했다.

"뭐… 조금만 보여드리겠습니다."

무라한은 부하들을 뒤로 물렸다.

그사이 차준혁은 총이 놓여 있는 테이블로 다가가 적당한 권총을 두 정이나 집어 들었다.

철컥! 철컥!

상태를 확인해보니 손질도 잘되어 있었고, 강선이나 총신에도 문제가 없어 보였다.

"설마… 양손 사격을 하시려는 겁니까?"

"딱히 해본 적은 없지만 한 번 해보려고요."

실제로 양손 사격은 어떤 기관에서도 허용하지 않았다.

안정성도 없을뿐더러 누구도 쉽게 맞출 수 없기 때문이다.

다만 위협이나 엄호를 목적으로 할 경우에는 간혹 시도할 때가 있었다.

"굳이 그러실 필요까지는……."

"일단은 지켜봐주시죠."

권총에 탄창을 집어넣던 차준혁은 앞으로 나가 살기를

끌어올렸다. 그러자 오감이 예민해지면서 사격장 구석구석의 상태가 눈에 들어왔다.

'실탄을 써보는 것도 오랜만이군.'

대한민국에서는 총을 사용할 일이 없다보니 마취탄만 써왔다.

권총과 탄환의 무게가 세세하게 근육을 타고 전해졌다.

"저분은 뭐, 뭘 하려는 겁니까?"

차준혁에게서 느껴지는 무시무시한 기운 탓에 뒤쪽이 소란스러워졌다.

물론 무라한도 놀랐지만 그런 부하들을 진정시키며 지켜봤다.

"흐읍!"

타탕! 타탕! 타타탕! 타타탕! 타타탕!

표적을 향한 양쪽 총구에서 연달아 탄환이 내뿜어졌다.

그런데 총구가 한곳으로 일정하게 향하지 않고 순간 방향이 틀어졌다.

차준혁이 고른 권총은 구형 콜트 종류였다.

1정 당 장전 탄환수가 7발씩 하여 총 14발의 탄환이 발사되었다.

"후우……!"

정적이 흐르는 사이 종이 표적이 자동으로 다가왔다.

멀뚱히 쳐다만 보던 무라한과 다른 경비대원들은 표적을

확인하고 경악성을 내뱉었다.

"어, 어떻게……."

표적 중앙에서부터 세 번째 동그라미의 선을 따라 14발의 탄환들이 정확한 간격으로 박혀 들어 있었기 때문이다.

더욱 놀라운 사실은 곧장 맞춘 것도 아니고, 도탄(跳彈) 사격술을 썼다는 점이었다.

"연습하면 됩니다."

차준혁은 아무렇지 않게 대답하고는 탄창을 분해한 총을 테이블 위에 내려놨다.

"이건 파르만 시종님이 말씀하신 것보다……."

짝짝짝짝!

그때 둘카누 왕자가 시종장 파르만과 함께 사격장 입구로 걸어 들어오며 박수를 쳤다.

"실력은 여전하구만. 아니, 전보다 더 나아진 건가?"

"왕자님! 오셨습니까!"

둘카누의 등장에 경비대원들은 일동 차렷 자세를 취하더니 경례부터 올렸다.

"다들 고생이 많네. 그보다 넌 오늘 돌아가는 날이면서 뭐 하고 있는 거야?"

"그게… 산책을 나왔다가 총소리가 들려서 왔지."

아무리 친하다고 해도 왕족에게 말을 놓는 것은 어려웠다.

그래서 왕궁 내에서만 서로 말을 놓기로 했던 탓에 차준혁은 눈치를 살피다가 말했다.

"참 부지런하기도 하다. 근데 사격 실력을 어떻게 키운 거야? 저게 말이나 돼?"

둘카누는 차준혁이 사격을 시작하기 직전부터 있었다.

상황을 지켜보다가 그의 실력에 진심으로 감탄하여 걸어 나온 것이다.

"연습하면 되는 거지."

"정말 신이 내려주신 사격 실력이네. 이런 건 우리 애들이 절대 익히지 못하겠지?"

어느 누가 사격 반동을 거스르며 도탄까지 이용해 표적을 정확하게 맞출 수 있을까.

그것은 말도 안 되는 소리였다.

초감각을 이용할 수 있는 차준혁이기에 가능한 실력이었다.

"하기 나름이야."

"말도 안 되는 소리는 하지 말고. 아무튼… 다들 준혁의 실력을 제대로 봤다면 실천해보도록! 실력만 있으면 누구든 위로 올라갈 수 있다!"

경비대원들은 차준혁의 신기(神技)에 가까운 실력을 보고서 말을 잇지 못했다. 그럼에도 둘카누 왕자는 대원들의 용기를 북돋아주었다.

"파르만. 앞으로도 대원들의 실력 증진을 위한 방법이 있다면 언제든 건의하도록 해라."

"분부대로 하겠습니다! 왕자님!"

둘카누는 다시 차준혁에게로 고개를 돌렸다.

그리고 사격장 밖으로 안내하면서 말을 이었다.

"그런데 너는 왜 그런 차림으로 돌아다녀?"

"아… 일어나서 바로 나온 거라…….."

땡땡이 잠옷 차림 때문인지 둘카누의 얼굴에 미소가 걸렸다.

언제나 진지한 차준혁에게 의외의 모습을 발견해서 그런 것 같았다.

"취향도 참 독특하지."

"그보다 아침부터 보이지 않는 것 같던데… 어딜 다녀온 건가봐?"

"울린지 공장 야간조 시찰."

현재 콩고민주공화국 공장에는 교대 시스템이 도입되어 운영되었다.

그렇다보니 둘카누 왕자는 국민들의 신뢰와 더불어 관리를 위해 가끔씩 시찰하고 다녔다.

"고생이 많겠네."

"누구 덕분이지."

차준혁을 말함이었다.

울린지를 발견해주고, 도와준 그가 아니었다면 콩고민주공화국은 지금처럼 영광스런 나날을 누릴 수 없었을 것이다.

"시종장께서도 고생이 많으시죠?"

"이런 고생이라면 평생 누리고 싶군요. 덕분에 국민들이 풍족한 삶을 누리고 있습니다."

콩고민주공화국은 자체적으로 국가예산이 마련되니 국내 광산사업도 개발할 수 있었다. 덕분에 울린지뿐만 아니라 다른 산업으로도 확장이 가능해졌다.

타국에서 호시탐탐 노리던 산업들에 직접 손을 댄 것이다. 게다가 돈을 벌려는 인력도 충분하니 급속도로 나아갈 수 있었다.

"다른 문제는 없는 거죠?"

"정부에 있는 관료들 중 탐탁지 않은 녀석들이 좀 있긴 하지만… 관리하면 괜찮을 듯싶어."

"무조건 쳐내는 것만이 능사는 아니니까요."

둘카누의 대답에 파르만도 동조하며 고개를 숙였다.

"모두 잘되어 가고 있네요."

"넌 어때? 계획하던 일은 잘되어 가?"

"거의 막바지야. 잘만 풀리면 어렵지 않게 끝날 것 같아."

"대한민국은 정말 좋지만… 우리나라만큼 문제가 많단

말이지."

최근까지도 둘카누는 대한민국의 뉴스로 소식을 접하고 있었다.

경제적으로 이런저런 문제들이 터지다보니 걱정되었지만 차준혁의 말을 듣고는 안심할 수 있었다.

"쓰레기 같은 녀석들이 많아서 그래. 요즘은 한국 기업이나 대사관에서 문제를 일으키진 않아?"

"거기도 문제는 없어. 예전에야 지들이 갑인 줄 알고 기고만장하더니… 새로운 대사가 오고 나서는 완전히 기가 죽었지."

전임 대사(大使)였던 권민형이 콩고민주공화국을 깔보던 것 때문에 문제가 생겨 차준혁이 직접 찾아와 일을 해결했다.

이후 부임한 대사는 남아공 영사로 있던 추원종이었다.

차준혁이 대통령에게 추천한 인물로, 누구보다 투명하고 진지하게 콩고민주공화국과 대한민국의 사이를 관리해주었다.

"다행이네."

"그 사람은 자기가 여기에 왜 왔는지도 모르던데? 혹시 네가 추천한 거 아니야?"

과거 추원종은 프랑스 대사관에서 부당한 처사로 좌천당했다.

다시는 좋은 곳으로 나가지 못할 것이라 여겼는데, 최근 엄청난 발전을 이루는 콩고민주공화국에 대사로 진급하여 온 것이다.

그로서는 당연히 놀라울 수밖에 없었다.

"성격도 좋고, 일도 잘하는 사람이야."

"역시……."

두 사람이 대화를 나누는 사이 신지연이 천천히 걸어왔다.

"여! 제수씨!"

둘카누 왕자는 스와힐리어가 아닌 한국어로 또박또박 말했다.

차준혁은 그녀에게 다가가려다가 그 말을 듣고 비틀거렸다.

"너, 그런 말은 어디서 배웠어?"

"요즘 열심히 공부하고 있지! 내가 한국어를 못 하는 줄 알았지? 마지막 날에 깜짝 선물로 보여주려고 했지!"

그는 방금 전 말뿐만 아니라 긴 문장도 술술 말했다.

어이가 없어진 차준혁은 황당한 표정으로 그를 쳐다봤다. 물론 걸어오던 신지연도 마찬가지였다.

"왕자님! 한국어를 하실 줄 아셨어요?"

"괜찮게 하는 것 같나요?"

"정말 잘하세요!"

두 사람이 대화를 나누던 그때 파르만이 차준혁의 옆으로 다가섰다. 그리고 둘카누처럼 한국어로 말했다.

"왕자님께서 엄청 열심히 배우셨지요."

"시종장께서도 하실 줄 아십니까?"

"늘그막에 머리 좀 썼습니다. 앞으로 한국과의 교류가 더욱 많아질 것이니 배워두면 좋지 않겠습니까."

콩고민주공화국은 대부분의 산업을 한국과 함께했다.

그러니 주축인 그들로서는 배워두면 좋을 일이었다.

"정말 대단하시네요."

"아무튼 준혁이가 제수씨한테 청혼했으니 곧 결혼까지 하겠네. 꼭 불러라."

"직접 한국으로 오게?"

둘카누 왕자가 한국으로 오면 그냥 방문이 아닌, 국빈 방문이 되어버린다.

당연히 청와대까지 움직여 시끄러워질 것이 분명했다.

"친구가 결혼하는 거잖아. 당연히 가야지."

"아……."

사실 둘카누 왕자가 차준혁의 결혼식에 참가하기 위해 방문해준다면 모이라이에 엄청난 홍보효과를 줄 수도 있었다.

콩고민주공화국과의 관계가 여전하다는 것을 증명하는 일이니 말이다.

"왜! 싫냐?"

"그건 아니고……."

한국어가 유창해진 둘카누는 으름장을 놓으며 기필코 참가하겠다는 의사까지 보였다.

"후훗!"

그 모습을 지켜보던 신지연이 웃음을 지었다.

"왜 그래요?"

"왕자님이 누구랑 닮은 것 같아서요."

"누구요?"

"이지후 팀장님이요. 하는 행동이 비슷해요."

사람들 앞에서는 진지하면서 친한 사람들에게는 누구보다 밝은 모습을 보여주는 그였다.

신지연의 설명을 들은 차준혁도 두 사람이 크게 다르지 않다는 것을 깨달았다.

"이지후? 혹시 전에 모이라이의 대표를 맡았던?"

올린지 사업의 하청인 로드페이스가 모이라이로 인수되면서 둘카누 왕자도 이지후의 존재를 알게 되었다.

그러나 사업적인 관계이다보니 서로의 진짜 성격을 드러내지는 않았다.

"맞아. 녀석도 너처럼 사적인 자리에서는 누구보다 쾌활하거든."

"그래? 흠… 예전에 봤을 때는 안 그런 것 같던데."

둘카누는 상상되지 않는지 고개를 저었다.

"제대로 만나보면 알겠지. 아무튼 우리는 슬슬 돌아갈 준비를 해야겠다."

며칠 후면 지경원과 임수희의 결혼식이었다.

게다가 일주일 동안 미룬 일까지 처리해야 하니 되도록 빨리 가는 편이 좋았다.

"전세기는 준비해뒀습니다. 짐만 챙기시면 옮겨줄 것입니다."

파르만의 대답에 차준혁은 고개를 숙였다.

"감사합니다. 시종장님 덕분에 편히 쉬고 돌아갑니다."

"저희가 입은 은혜에 비하면 턱 없이 부족하지요. 언제든 방문하시면 최고의 대우를 해드릴 것입니다."

네이처펀치를 다니게 된 이태용은 배정된 책상에 앉아 정민수와 같이 준비하던 취재 자료를 정리하는 중이었다.

천익에 대한 의문이 가득했기에 더욱 파고들고 싶어 했다.

하지만 위험한 만큼 조심해야 할 필요도 있었다.

[흑색바다 앞에 숨겨진 비밀 요양원]

그중 다른 아이템보다 자료가 부족한 부분에서 이태용의 손이 멈췄다.

"저자가 사고로 죽고, 출판사까지 망해버린 책이라… 실화를 바탕으로 썼다고 했지?"

비밀 마을이나 지구당교, 블루세이프티에 대해서는 정민수가 잠입 취재하면서 건진 사진이나 정보들이 있었다.

물론 나머지 친일파 기업에 대해서도 자료가 부족했지만 흑색바다라는 책이 더욱 신경 쓰였다.

"여기로 차들이 들락거렸다면… 아직도 뭔가 있다는 거겠지?"

예전에 정민수가 보여줬던 사진을 지금도 가지고 있었다.

그때 검찰에서도 조사하고 있다고 했다.

사건화시키기 애매한 다른 뉴스 아이템보다 가능성이 있어 보였다.

그때 네이처펀치의 대표이자 편집장인 김홍윤이 다가와서 물었다.

"정민수처럼 열심히 싸돌아다닐 것 같더니… 계속 사무실에만 있는 거냐?"

취재에 대한 실마리가 잔뜩 있으니 사실 확인이 필요했기 때문이다.

물론 이태용도 그러한 부분을 잘 알았다.

하지만 다급한 상황일수록 침착해야 할 필요가 있었다.

"좀 걸리는 부분이 있어서요."

"뭐가 그렇게 걸리는데?"

천익에 관한 취재는 김홍윤이 확실하게 밀어주기로 결정했다. 게다가 모이라이가 운영비를 지원해주면서 방패 역할까지 해주니, KBC에 있을 때처럼 취재 압박을 받을 일도 없었다.

"정민수는 저와 취재 조사를 했을 때 다른 사건들을 전부 조사했으면서, 유독 흑색바다라는 책은 건드리지 않았습니다."

"너무 뜬구름 잡는 아이템이라서 그런 거 아닌가? 솔직히 책이 실화를 바탕으로 써졌다고 해서 문제될 것은 없잖아."

김홍윤의 말처럼 책은 책일 뿐이었다.

그러나 정민수가 잡아 온 증거 사진대로라면 덕산항 인근에 비밀통로가 있는 것이 확실했다.

"여길 한 번 파봐야겠습니다."

"삼척까지 가보겠다고?"

"어차피 창간하려면 아직 2주나 남았지 않습니까."

"얌마! 2주밖에 안 남은 거지!"

결심을 굳힌 이태용은 곧장 가방과 재킷을 챙겨 입고 사

무실을 나섰다. 그리고 차에 올라타서는 내비게이션으로 요양원의 인근 위치를 찍고 달렸다.

강원도 삼척까지는 약 4시간 거리였다.

그렇게 강원도 삼척시 근덕면 덕산리에 도착한 이태용은 인근에다 차를 세우고, 소형 카메라와 수첩을 주머니에 넣었다.

"이런 동네에 정말 비밀통로 같은 것이 있을까?"

대략 사방으로 직경 1km도 되지 않는 조그만 마을이었다.

논과 밭 사이로 집들이 듬성듬성 모여 있었고, 젊은 사람보다 할아버지와 할머니가 많아 보였다.

"흠… 사진을 찍은 곳이 어딘지를 모르니……."

정민수가 보여줬던 사진에는 정확한 위치가 표시되어 있지 않았다.

직접 들은 적도 없었기에 지금 있는 곳에 비밀통로가 존재한다면 찾아보는 수밖에 없었다.

"일단 요양원을 한 번 가볼까?"

아까 차로 들어가보려 했지만 초입에서부터 사유지라고 적힌 커다란 간판으로 막혀 있었다.

차를 세워두고 들어가보려고 했지만 목숨을 위협받았던 경험 때문에 마을로 들어온 것이다.

"책에 적힌 대로라면… 요양원을 기점으로 뚫린 비밀통로라고 했으니 안에서는 찾을 수 있겠지."

이태용은 멀쩡한 길이 아닌 숲을 통해 요양원까지 걸어가려고 했다. 그래서 직선거리로 제일 가까운 민박집에 차를 세워두고서 방을 잡았다.

"하루에 3만 원."

민박집 할머니가 고개를 빼꼼 내밀고서 말했다.

"3일 정도 머물 건데……."

"그라면 7만 원."

"여기 있습니다. 그런데 할머니."

할머니는 1만 원짜리 7장을 고쟁이 속으로 집어넣으며 고개를 들었다.

"와?"

"여기서 오래 사셨나요?"

"뭐… 태어나서부터 쭉 살았지. 그건 와?"

이태용은 마루에 걸터앉으면서 본론을 꺼냈다.

"옛날에 저기 숲 너머에 있는 요양원에서 좋지 못한 일이 있었다고 하던데… 혹시 알고 계신가 해서요."

이곳에서 오랫동안 살았던 사람이라면 혹시 알지도 몰랐다.

그의 물음에 할머니는 고개를 갸웃거리다가 뭔가 생각났는지 입을 열었다.

"손님도 작가 나부랭인가?"

"작가요?"

"사, 오 년 전인가… 작가라는 아자씨가 여기 머물면서 똑같은 걸 물어보더라고."

"그렇게 오래된 일을 아직도 기억하세요?"

"어릴 때부터 들어왔던 일이니께. 게다가 워낙 꼬치꼬치 캐물으니 모를 리가 있나."

할머니는 어제 겪었던 일처럼 뚜렷하게 기억했다.

이에 이태용은 몸을 더욱 앞으로 당기며 물었다.

"혹시 그 작가 이름이 유진명인가요?"

"이름까지는 모르지."

구석진 시골 민박에서는 숙박계를 적을 필요가 없었다.

게다가 카드 계산도 어려울 테니 기록을 찾기도 어려웠다.

"으흠……."

"그 작가가 놓고 갔던 짐이 있는데. 볼 텨?"

"정말입니까?"

할머니는 열쇠를 찾아 자리에서 일어나더니 민박집 창고로 들어갔다.

그리고 서류 가방을 하나 가지고 나와 내밀었다.

"정말 그 작가가 놓고 간 가방입니까?"

"어찌나 오랫동안 있던지… 나름대로 중요한 물건 같아

서 놔뒀는데. 아는 사람이면 좀 가져다줘.”

“자, 잠시만요.”

가방을 연 이태용은 자필로 적힌 종이들을 발견했다.

그 내용에는 흑색바다라 쓰인 조사된 자료들이 적혀 있었다.

“이런 게 남아 있었다니…….”

정말 기적과도 같은 우연이었다.

당시 유진명이 이태용처럼 요양원과 가까운 민박집을 잡은 덕분이었다.

“꼭 좀 부탁하더라고~!”

할머니는 다시 안으로 들어가며 문을 닫았다.

이태용은 유진명이 남긴 자료들을 살펴보았다.

“비밀통로의 입구가 여긴 건가?”

내용 중에 특정 위치가 표시된 지도를 발견했다.

민박집에서 멀지 않은 곳이었다.

“일단 여기로 가볼까?”

이태용은 가방을 차에 옮겨 놓고 걸음을 옮겼다.

민박집을 벗어나는 동안에도 보는 사람이 있을까봐 주변을 두리번거렸다.

부스럭. 부스럭.

요양원까지는 직선거리로 400m 정도였다.

특정 위치까지는 그 거리 사이에서 서쪽으로 약 150m

정도 떨어진 곳이었다. 수풀을 헤치며 걸어간 이태용은 더욱 안쪽으로 걸어 들어갔다.

5분 정도를 더 들어가자 눈에 익은 풍경이 보였다.

"설마… 여긴가?"

품속에서 꺼낸 사진 속 풍경과 비슷했다.

"정말 이곳에 비밀통로가 있는 건가?"

나무들이 널찍하게 자라 있었다.

그곳을 훑어보던 이태용은 무언가를 발견했다.

"이건… 차 바퀴 자국?"

그것을 따라가니 한쪽은 도로 옆에 자리한 공터였고, 반대쪽은 상당한 높이의 급경사진 언덕이었다.

"여기인 것 같은데……."

해까지 저물어 갔다.

하늘을 두껍게 덮은 나무로 인해 숲 속은 상당히 어두웠다.

언덕으로 다가간 이태용은 바퀴 자국 끝으로 이상한 부분을 발견했다.

"이건……."

쿵! 쿵!

경사진 언덕을 두드리자 안쪽이 비어 있는 듯한 소리가 들려왔다.

"정말이잖아……!"

흙속에서 철문을 두드리는 소리가 들릴 리가 없었다.

당연히 안이 비어 있고, 뭔가로 덮어져 있어 나는 소리였다.

"밖에서 열 수는 없는 건가?"

이태용은 계속해서 주변을 살펴보았다.

그러다가 더욱 해가 저물면서 밤이 찾아왔다.

그는 자세히 찾아보기 위해 핸드폰 플래시를 켜려고 했다.

"읍! 읍!!"

그 순간 누군가가 이태용의 입을 틀어막더니 그를 나무 뒤로 끌고 갔다.

"쉿!"

이태용은 황급히 자신의 입을 틀어막은 사내를 보았다.

그들은 죄다 특공대 복장이었다. 게다가 왼쪽 가슴팍에는 'POLICE'라는 마크가 붙어 있었다.

'경찰특공대?'

당연히 깜짝 놀랄 수밖에 없었다.

"조용히 하십시오."

끄덕. 끄덕.

사내는 이태용이 고개를 끄덕이자 막았던 입을 천천히 풀어주었다.

"저, 저는 기자입니다. 그런데 경찰특공대가 왜……."

"쉿! 안전한 곳으로 모시겠습니다!"

이태용은 자신을 소개하자마자 경찰특공대에게 이끌려 숲 바깥쪽으로 이동했다.

"검찰에서 어디로 움직였다고?!"

김정구는 급히 들어온 조민아의 보고를 듣고서 자리에서 벌떡 일어났다.

"4시간 전에 덕산항 쪽으로 경찰특공대와 같이 이동했다고 합니다."

"녀석들이 거길 왜 가!"

덕상항에는 대동요양원이 있었다.

그리고 그곳에는 지금까지 천근초위에서 모아 온 엄청난 비자금이 보관되어 있었다.

"상황을 따져보면… 장소가 검찰로 흘러들어간 것 같습니다."

"거기서 그곳을 알 리가 없잖아!"

대동요양원에 대해서는 어떠한 자료도 남기지 않았다.

게다가 예전에 그곳에 대해 책을 썼던 작가를 사고로 처리하기까지 했다.

당연히 어느 누구도 그 장소에 대해 몰라야 했다.

"검찰에서 입수한 저희 데이터베이스에 들어 있었다고 합니다."

"뭐?!"

말도 안 되는 말이었다.

모든 흔적을 지웠던 만큼 그곳에 대해서는 데이터베이스에 저장시키지 않았다.

"암호를 풀고, 유태진 부장검사의 팀이 극비로 확인했던 모양입니다. 그렇다보니 뒤늦게 정보가 들어왔습니다."

"젠장! 어떻게든 지켜!"

"하지만 대응했다간 오히려 화를 불러올 수도 있습니다."

금고에는 40조가 넘는 금괴와 현금이 보관되어 있었다.

당연히 천근초위에게는 상당한 치명타가 될 수밖에 없었다.

다만 조민아의 말처럼 요원들이 반격 대응했다가는 역추적을 당해 천근초위의 존재가 밖으로 노출될지도 몰랐다.

"크윽……!"

"일단 모든 통로를 봉쇄하고, 비밀통로를 통해서 빠져나가라고 지시를 내리는 것이 어떨까요? 거기라면 검찰에서도 알지 못할 겁니다."

"…큭! 그러지."

이제 와서 엄청난 자금을 몰래 옮길 수도 없었다.

조민아는 곧장 대동요양원을 지키는 책임장에게 전화를 걸었다.

뚜르르르! 뚜르르르르!

신호음이 끊기면서 대동요양원의 책임자인 김인철이 전화를 받았다.

—조 비서님! 무슨 일이십니까?

"비상사태입니다. 검찰이 경찰특공대와 함께 요양원을 급습할 겁니다. 당장 금고를 봉쇄하고, 탈출하도록 움직이세요."

—검찰에서 말입니까?

아직은 아무 일도 없는지 김인철이 깜짝 놀란 목소리로 물었다.

"빨리 움직이세요. 검찰에서 어디까지 움직였는지 추측할 수 없어요."

—알겠습니다. 바로 움직이도록 하죠.

통화가 끊기자 조민아는 얕은 한숨을 흘렸다.

그리고 분을 삭이는 김정구를 돌아봤다.

"바로 시행하도록 한답니다."

"크음! 그곳에 대한 정보가 어떻게 데이터베이스로 들어간 거지?"

그의 생각대로, 검찰로 압수된 데이터베이스에는 대동요양원에 관한 정보가 들어 있지 않았다.

그러나 검찰에서는 어떻게 찾아낸 것인지 지금처럼 움직였다.

"어찌 된 영문인지 자세히 확인해보도록 하겠습니다."

"바로 알아보게!"

조민아는 곧장 사무실을 나섰다.

혼자 남은 김정구는 책상에 놓인 재떨이를 바닥으로 집어던졌다.

흥분을 가라앉히려 노력해봤지만 도저히 참을 수가 없었기 때문이다.

그사이 대동요양원에는 어두운 그림자가 드리워지고 있었다.

〈다음 권에 계속〉